文春文庫

貸本屋おせん

高瀬乃一

文藝春秋

目次

貸本屋おせん

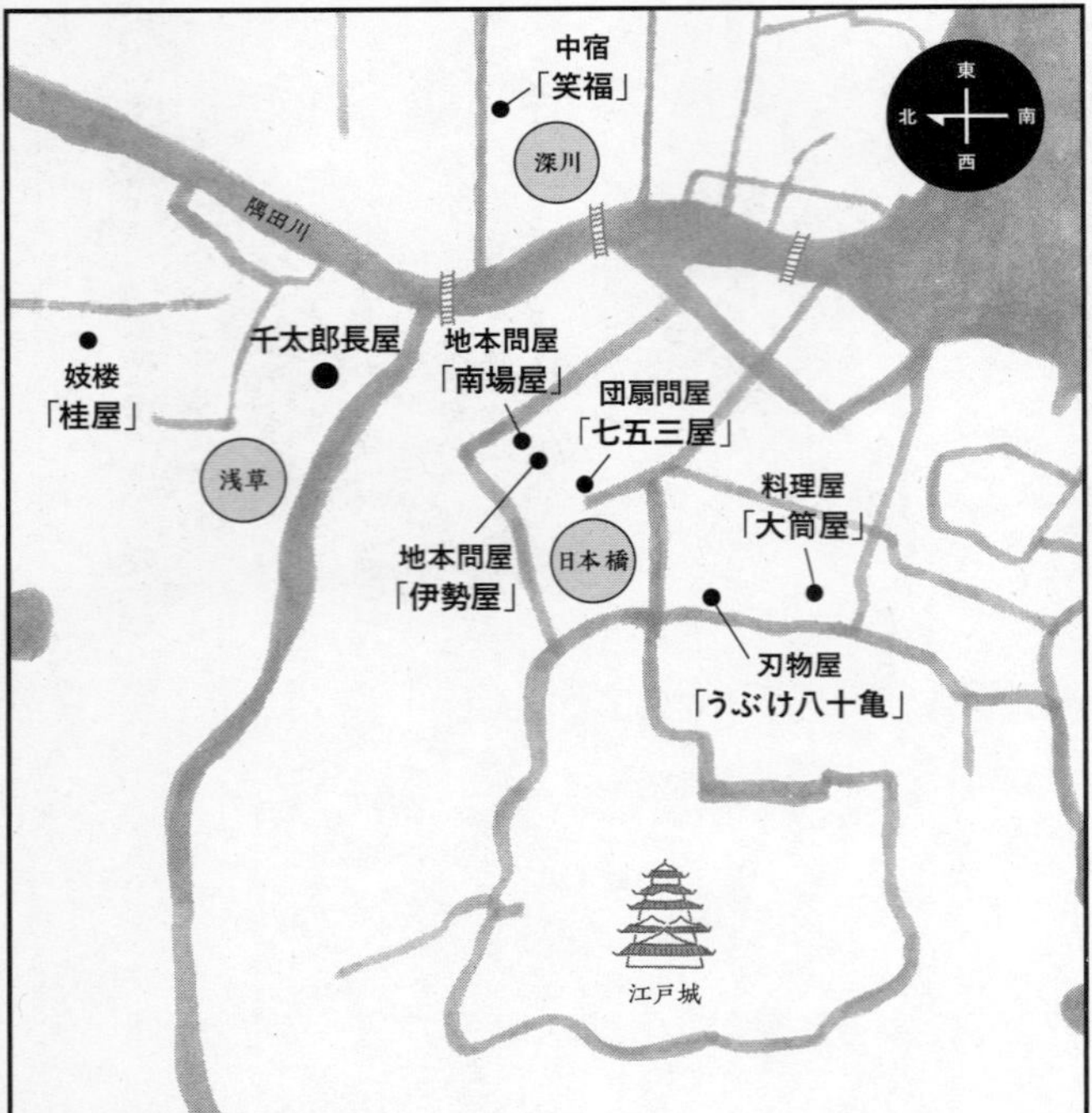
東
北
南
西
中宿
「笑福」
深川
隅田川
妓楼
「桂屋」
千太郎長屋
地本問屋
「南場屋」
団扇問屋
「七五三屋」
浅草
地本問屋
「伊勢屋」
日本橋
料理屋
「大筒屋」
刃物屋
「うぶけ八十亀」
江戸城

第一話　をりをり　よみ耽《ふけ》り

一

蟬の声と入れ替わるように、重羽《えんば》こおろぎが鳴きはじめた。

やわらかい朝日をひたいに受けながら、せんは竪川《たてかわ》の河岸にそってはや足で歩く。半刻も進めば武家屋敷は途切れ、眼の前には田畑が広がる。

すでに稲穂はふっくらと実り、かすかに垂れはじめていた。歩をはやめると穂先があとをついてこようと揺らぐ。

(ちょいと夜なべがすぎた。眠くてのどが渇くわ)

昨夜は遅くまで写本《しゃほん》を作っていた。そのときの墨の匂いと、草木の根っこの匂いが交じり合って、背後から漂う。背負った貸本の高荷は、日が高くなるとずっしりと重くなる。

せんは指先の墨をなめた。

達筆とまではいわないが、本を書き写す筆の動きは早い。せっかちな性分のせいか、筆を動かせば爪の間に墨がこびりついてしまう。

「ん、誰だい？」

揺れる稲穂をあいてに道を行く。ふと、そこに誰かがいるような気がして足を止めた。穂はかわらず揺れている。

よく目を凝らしてみれば、畔《あぜ》のぬかるみに蛍が浮いていた。細い足がかすかに動いている。昨夜までこの辺りを照らしていたのだろうか。

「秋まで灯る蛍なんて、あまりいいものじゃないよ。暗い中でひとり光っていてもさびしいだけだろ」

ふっふっと息をととのえながら、せんは先を急いだ。

「まいどお、梅鉢屋《うめばちや》でございます」

亀戸《かめいど》村の井田屋《いだや》正兵衛《しょうべえ》は、せんの得意客のひとりだ。もともと江戸日本橋で足袋屋を営んでいたが、還暦を迎えて暖簾《のれん》を息子にゆずり、自分は若い後家と隠居暮らしをしている。

「ご隠居どの、梅鉢屋のせんでございます」

木戸を開けて声をかけると、正兵衛は畑にしゃがみ、無心に雑草を抜いていた。からげた着物の裾は泥にまみれている。

「せんせい、貸本屋さんがきましたよ」

男《お》の子《こ》が声をあげた。

畑を構えた質素な家屋には、いつも村の子どもたちが出入りしていて、今日も畑の奥では、九つ十ほどの年の子が、葱《ねぎ》を引っこ抜いてその匂いを嗅いでいる。ふだんは素読《そどく》やそろばんを学びにやってくるのだ。ちいさな村にできた手習い所のようなものである。ただ、子どもらの目当ては勉学よりも、畑を手伝ってわずかばかりの銭をもらうことにあるようだ。

正兵衛は手のひらに付いた粘り気のある土をこそげながら、せんにむかってしわを寄せ笑った。

「今宵は葱鍋だ。おせんも食っていけよ。それに客人からボラをいただいてね。刺身にして一杯やろうとおもっていたのさ」

とたんに葱を手にした小僧が顔をほころばせた。

「そうしたいところだけど、うちの町木戸のじいさんが口うるさくて。きのう四ツ（午後十時）の鐘に間にあわなくて、さんざっぱら説教されてしまいました」

「そうかい。じゃあ早めにしこんでおくからよ。村をまわってきたら帰りに寄っていきな」

話を聞いているのか聞いていないのか。せんはため息をついて、「じゃあ、ご相伴になろうかな」とつぶやく。すると子のほうが嬉しそうに肩を揺らした。

「よっこいしょ」と高荷を縁におろし、風呂敷をほどいて二十冊ほどの貸本をずらりと並べた。客が好みそうな読物や軍記、浄瑠璃本など、数多く取りそろえている。

葱を抱えた子が、首をのばして縁をのぞく。

「これ茂吉、汚れた手で触るんじゃないよ」

正兵衛から厳しい声を受け、子は跳ねるように畑へ逃げていった。

「ねぎなべ、ねぎなべ、いろはにほへと」と口ずさみながら、雑草をぬき、たまにこちらをちらりと見てくるから、せんはあとでぼろぼろになって売りものにならない御《お》伽草《とぎぞう》子《し》でも置いていこうと思った。

正兵衛は手水鉢《ちょうずばち》で泥を落とし、奥の部屋で着物を代えると、いそいそと縁に駆け寄ってきた。

「ほお、馬琴の『椿説弓張月《ちんせつゆみはりづき》』があるではないか。ム、先だって出された続篇がないぞ」

「江戸中の本屋や柳原通りの干店《ほしみせ》までさがし歩いたけど、人気が高くて手に入りません」

「梅鉢屋もまだまだねえ」

曲亭馬琴は江戸では知らぬ者のない戯作者である。二年前に開板したこの歴史物語は、すでに前篇、後篇が出ている。市井《しせい》の人気が高く、近ごろ続篇が出されたばかりだ。

正兵衛は前篇の表紙をめくり、挿絵の白縫姫《しらぬいひめ》を指でなぞった。

「うむ。しっかりとした彫《ほり》だ。髪の毛の一本まで風でそよぐような細かさは、腕の良い彫師の仕事の証だな」

といって、ちらとせんを見やる。

「でも平治《へいじ》にはおとるかね」

平治は、せんの死んだ父の名だ。腕のいい彫師で、本好きの間では名の知れた男だった。

「南場屋《なんばや》に声だけはかけてあるけど、挿絵が北斎《ほくさい》となるとね。ちょいと時がかかるかもしれませんよ」

「おお、あそこの主人は息災かね」

「近ごろはおとなしい本を開いているけど、ふいに悪い癖が出ちまうって笑ってました。たまに行事から差《さ》し構《かま》えをうけてますよ」

振り売りから身をたてた南場屋六根堂《ろっこんどう》は、せんがもっとも信頼する地本問屋《じほんどいや》だ。もとは吉原に出入りしていた貸本屋で、彫師だった父とも交流のあったむかしなじみである。

「御公儀《おかみ》の怒りをかって、このような素晴らしい技を消すわけにはいかぬからのお。そのための商い方をよく知っている本屋だよ」

このご時世、書物問屋や地本問屋が、新しい板を開くことは難しい。先の寛政の改革以降続く出版統制は、いまだ厳しいものがある。

だが、御公儀の厳しい締めつけがあっても、版元は良い本を作るために知恵を絞り奔走する。安価な草双紙であっても、挿絵を有名絵師に頼むことは少なくはない。

常連客の舟屋の女衆などは、御禁制の艶絵《つやえ》や洒落《しゃれ》本を拝みたいと、せんに耳打ちしてくる。手回しはできるが、見料が高くなると告げても、「いいよお。いろいろと飽きがきてさ」と、にやと笑うのだ。

たいていの読物はかなり高価で、日に銭百文ほど手元に残ればよいという生活を送る庶民には手の届かない代物である。

そこで重宝されるのが、「貸本屋」だ。江戸界隈だけでも、貸本屋の数は八百軒を超える。その裾に、せんの「梅鉢屋」がある。まだ振り歩いて五年。駆け出しだ。

『和漢貸本　梅鉢屋
職分道具《しょくぶんのどうぐ》ニテ　疵付給《きずつきたま》フハ僻事也《ひがことなり》
日延又貸尚見料申受候《ひのべまたがしなおけんりようもうしうけそうろう》　浅草福井町三丁目せん』

梅鉢屋の蔵書には、全てに「梅せん」という墨印が押されている。

本は留まることなく客たちの手を渡り、手あかで汚れ破れていく。多くの人が物語を楽しんでいる証だ。

貸本屋は、異説・流言の取り締まりが厳しい窮屈な世になくてはならない、知識と娯楽の入り口となっていた。

「ふむ、馬琴では子らには難しいか。こちらの『西遊記』にしよう」

「この村の子は幸せですね。あたいも小さいころ、おとっつぁんにいろんな本を読んでもらいましたよ」

「この老いぼれの目が黒いうちに子らに本読みのたのしさを教えてやらんとな。面白おかしい読物は、奉行所の触れ書きひとつで、あっという間にこの世から消えちまうからさ」

まったくだ、とせんはうなずいた。同時に、みぞおちあたりがぎりぎりと痛む。

「じゃあ今日は、この『西遊記』四冊。『椿説』二冊と義太夫節の丸本……あと、豊国の役者絵なんぞ拝みたいものだねえ」

梅鉢屋は本だけではなく、錦絵も多く扱う。

正兵衛はじっくり時をかけて、役者絵を五枚選んだ。

せんは、空で算盤をはじく。

「ご隠居は十日限りだから、本が六冊で六百文。丸本は三十文。絵を合わせて八百文でございます。まいどありがとうございます。だけどこんなに散財して、ご内儀に叱られるんじゃありません？」

「ちかいうちに寺の坊主たちと呑むからね。その時の肴にするのさ」

しばらくしかめ面《つら》で役者絵を眺めていた正兵衛だが、つくづく見入り、ふと頬をゆるめた。

「そうじゃ！　わしの知り合いに、阿呆のように書物を持つ男がおったわ」

「阿呆ですか」

「大筒屋《おおづつや》という小料理屋の入り婿でな。もともと二本差しであったが、どういうわけか絵やら俳諧やらの会に出入りしているうちに通人ぶって『燕《えん》ノ舎《しゃ》』などと名乗るようになった男よ」

「もとお武家さんで……しかも、阿呆。かなり面倒くさそうですね」

「ちょいと扱いづらいやつだが、へたな書物屋よりも本をもっているはずだ。一度訪ねてみろ。本人がおるかどうかはわからんが、おかみは頼りになる女だ」

そういって、大筒屋への書付をすらすらと書いてよこした。

「燕《つばめ》の巣でよいものを見つけたら、何冊か持ってきておくれな。ついでに、今日の分、晦日《みそか》払いで頼めるかねえ。このところ手元不如意であってなあ」

せんは目を細めて隠居をにらみつけた。

「お内儀さんはしっかりと手綱を握っているようで」

「ふん。面白おかしいことを金で我慢するのが体にはよくないのさ。わしが長生きできている秘訣だ。ただ、金がすべての世でもある。商売人の妻は、いくぶんか吝嗇であったほうがよい」

どこの家でも、女奉行の目は隠密同心よりも厳しいようである。

二

江戸の秋はゆったりと過ぎていく。雲が高くなり、道行く人の目さきも高くなる。表通りに並ぶ商家の影が長くなり、光の陰影が夏とはちがう姿を見せるから、通いなれた細い裏路地までも、迷い道になったように長く遠く感じた。

昼過ぎから広がっていた薄い雲は厚みを増していたが、ところどころ切れ目ができて、金色の光の柱が残り火のように町のあちこちにふり注いでいる。

「おう、おせん。今日は早い店じまいじゃねえか」

福井町の木戸番小屋の熊吉が、あくびをしながらせんにすきっ歯を見せて笑った。

「ひとっところでまとまった仕事ができたからね。それに、すこしでも遅くなると、おじさんがあることないこと、あちこちでいいふらすじゃないか」

城の方角から、暮れ六ツ（午後六時）の鐘が聞こえた。

熊吉は、せんが生まれる前からこの木戸番小屋に住みつき、荒物などを売りながら木戸の番をしている男である。気は良い親戚の親父という風体だが、とかく門限を守らなければ親のように説教をしてくるのだ。

先日も、たった四半刻（約三十分）遅れただけで、男ができたようだといいふらされた。

「いい年して嫁にもいけねえ娘がよくいうよお。おめえ二十四にもなるのに、まだまっ白《ちろ》な歯しやがって。死んだ平治も草葉のかげで泣いてるぜ」

「あたいよりも頭のいい男がいたら考えるよ。それより、このあたりで見かけないやつ通らなかったかい？」

「さあねえ。お天道さんの高いうちは寝ているからよ。なんでえ、厄介ごとかい」

「あたいを見初めたどこかの若旦那かな？」

にやと笑うと、熊吉はかた頰をあげて鼻で息を吐いた。

「本ばかり読むおなごなんぞ、だれが嫁にとおもうもんかね。ああ、死んだ平治に顔むけができねえよ。おめえのことは、娘同様に心配しているんだからな」

「わかった、わかった。おせっかいだね、熊さんは」

せんは両親《ふたおや》を失ったあとも、みんなで暮らした福井町千太郎《せんたろう》長屋に家を借りている。

長屋の入り口、頭上の横板には、『貸本梅鉢屋』の札が貼りつけられている。風雨にさらされ札は破れ、その下に貼られていた『板木屋平治』の札が見え隠れしていた。

うらぶれた長屋に入れば、とたんに井戸端の女たちのかしましい声が聞こえてきた。

ひょろりと細く上背のある若い男が、女たちに囲まれている。

「もっと尻をからげたほうがいいね」などとからかわれるのは、野菜の棒手振《ぼてふ》りで、せんのひとつ年下の幼馴染の登《のぼる》である。

登は幼いころは、この千太郎長屋に父親の時蔵《ときぞう》と住んでいた。ある出来事がきっかけで家移りしていき、いまは大川端の浅草諏訪町《すわちょう》で、父子で暮らしている。

時蔵は桶職人で、登も手習いを終えたら父の跡を継ぐことになっていた。しかし、長屋を移ってすぐに時蔵が病でたおれてしまった。母親はとうに亡くなっていたから、登が振り売りをしながら時蔵の世話をすることになったのである。

日銭のほとんどは、寝たきりの父親の薬代に消えているようだ。

「よお、おせん。いい茄子があるぜ。売れ残りだから三本二文にまけてやる」

登が色の濃い茄子を振りあげた。とたんに女たちの目がねばついた納豆のようになる。

「今日はいらないよ。亀戸で葱鍋を食べてきた」

「なんでえ。葱なら俺がわけてやるってえのに。おうおう、女がそんな重いもの持つんじゃねえよ」

せんが背負っている貸本をしょいなおしていると、登が駆けてきて、高荷をうしろからささえた。

女たちの笑い声に、せんは顔をふせる。生前の父からは、男が顔をふせるのは仕事をするとき。おなごがそうするのは嫁に行くときだけだと教えられた。

『あとは、お天道さんを見て暮らしていけばいい。それなら道にまようこともねえしなあ』

せんはもっぱら本を読むときに顔をふせる。たまに寝転がったまま読むこともあるけれど。父はそんなせんを見て、「おめえは、しかたねえなあ」と苦笑いをしていた。

ふつうに習い事をして、どこかよい商家へでも奉公に上がってほしいと願っていた母は、書物談義に夢中になる父娘を、苦虫を嚙みつぶすような顔で見つめていた。

せんがぼんやりしているうちに、登は売れ残りの野菜をだきかかえ、ちゃっちゃとせんの部屋へむかって歩いていく。

おたねという恰幅の良い女が、背の幼子を揺らしながらくくっと笑った。

「あいかわらず、登はおせんひと筋だねえ。いいかげん一緒になってやったらどうだい。お似合いじゃないか。そうすりゃああんただって重たい本なんぞ背負うこともなくなるじゃないか」

「棒手振りの女房？」

せんは眉を寄せて手を振った。

「冗談じゃないよ。あたいはね、いつか表通りに南場屋のようなでかい店を構えるんだ。

戯作者が本を書かせてくれって頭を下げてくるような、粋と張《は》りを通す本屋にするんだよ。だから連れ合いになる男は、お奉行なんぞ洒落でいなすくらいの気概を持ったやつじゃないとだめなのさ。あんなしおれた菜っ葉みたいな男、願い下げだよ」

「とかなんとかいって。あんた、登が立ちよる日は、かならず早く仕事を切り上げるくせに」

一気に女たちが笑いだす。

ここの女たちは、男のことがからむと奉行所よりも面倒になる。

せんは顔を上げた。江戸を染める夕日が、ほんのすこし熱くなった頬を照らした。

井田屋の隠居から紹介された小料理屋に足を運んだのは、重陽の節句のころだった。

八丁堀にちかい常盤町《ときわちょう》の裏通りに「大筒屋」はあった。

酒処と書かれた提灯《ちょうちん》が軒下で揺れている。

せんが訪れたのは、得意先をまわったあとで、すでに西日が御城の方角から照らしていた。仕事終わりの男たちが呑みに立ち寄る刻限だが、暖簾をくぐると店の中はがらんどうで、白粉《おしろい》の厚い女中が、笊《ざる》いっぱいの大豆をより分けながら、大きなあくびをしていた。

どうやらここは、ひとり身の女が気ままに寄れる場所ではないらしい。

訪《おとな》いをつげると、その女中が笊から顔をあげ、じろとせんをにらみつけた。

「お連れさまをお待ちなら、奥へ案内しますよ」

「あたいは……貸本梅鉢屋のせんと申します。井田屋の大旦那さまの紹介で、こちらの本を拝見したくまいりました」

「ほん？　あの、文字がつらつらと並んでいる本で？　酒や男じゃなくて、本？」

女中は目を大きく見ひらき、首をかしげながら、

「おかみさーん、おかしな客が来ましたよお」

と、奥に向かって声をあげた。

しばらくして還暦を過ぎたほどの女が顔を出した。目だけが異様に大きくて、魚のようにまばたきをしない女である。鬼婆とよばれていた近所の手習い所のお師匠さんにそっくりで、せんはあとずさりした。

背筋がすっと伸びている。小料理屋のおかみというより、呉服屋の内儀のようなたたずまいだ。

せんは、亀戸から預かった書付を手渡した。

「あれあれ、井田屋のご隠居さまじゃないか。最近顔を見せないから、どこかお躰《からだ》でも悪くされたかと案じていたけど、後家さんをもらったのかい。昔からよくうちを贔屓《ひいき》にしていただきましてねえ。あれ、懐かしい」

「こちらにはたくさんの蔵書があるそうで。あの、ご主人は……」

「うちの兵六玉《ひょうろくだま》はここにいないよ」

おかみは唇をきゅっと結び、鼻で息を吐いた。

「絵師のまね事をしちゃあ、ふらふらしていた男でね。思い立つとなにも告げず、どこかへ行ってしまうのさ」

本名は藤吉郎《とうきちろう》というらしい。

「燕ノ舎どのは、いつごろお戻りになりますか？」

「さあねえ。ここ何年も姿を見ないから、どこかで女のホトでも描きながら野垂れ死んでんじゃないのかい」

「あら、江戸には戻っているんでしょ？　前の大黒天祭りで見かけたって、おかみさんいっていませんでした？　ほら、甲子《きのえね》の縁日ですよお」

女中が床几《しょうぎ》に残されている煙草盆《たばこぼん》を片付けながらいう。

甲子は、六十年に一度めぐってくる最初の干支《えと》にあたり、縁起のよい年とされる。せんも、その甲子の大黒天祭りに足を運んだ。五年前のことだ。不器用ながらも母の残した仕立ての内職を受けながら、ほそぼそと生計《たつき》をたてていた。まだ貸本屋をする前で、長屋の差配人から、ひっきりなしに縁談を持ち掛けられていたころである。

甲子の縁日には、登に誘われて足を運んだ。いま思えば、あの誘いにいやいやながらついて行ったことが、せんの運命を大きく変えたといってよい。

その日は冬の名残の風が吹き荒れ、梅の花びらが乱れ飛んでいた。

いつもより登はよくしゃべった。このごろ贔屓にしてくれる料理屋ができ、商売が楽しくなってきたと得意気に話す登の姿に、せんはあせっていた。家事も不得手で、器量もそこそこ、日銭も満足いくほど稼げず、独りの夜が心細くて仕方ないころだった。

ふた親とひどい別れ方をした。唐突にありきたりな日々が失われると、悲しみ方すら思い出せなくなる。せんは十二歳で大人になることを受け入れ、娘心に蓋《ふた》をして生きてきたのだ。

だが、登の眼に映るせんは、ずっとあどけない幼馴染のままなのだ。こうして登に強く手を握られると、このままずっと側にいてほしいと願ってしまう。

上野護国院にお参りした帰り道、柳原通りにならぶ干店をひやかして歩いた。髪飾りを並べる店で足を止めた登から、「簪《かんざし》、買ってやろうか」といわれた。登が野菜以外のものをくれるなど初めてのことだ。その耳は真っ赤になっていた。

ありがとう。

そう言いかけたときだった。

ひときわ強い風が吹き、隣の店に並んでいた古本の丁《ちょう》をいっせいにめくったのである。

花びらは本に吸い込まれるように消えていく。

せんは年老いた店主を手伝い、ちらばった本を集めながら、そこで手にした一冊の本に目を止めた。

『源氏小鏡』

源氏物語の各巻の筋立てを、わかりやすく書いた古活字本だ。かなり年季の入った古本で、いまにも破れて粉になってしまいそうだった。

迷うことなく手銭をきってそれを買った。

長屋にもどると、平治が遺した行李から、灰色の塵紙《ちりがみ》をかき集めた。読本《よみほん》の真名《まな》（漢字）が読めなかったせんのために、平治はやさしいかな文字に書きかえ、この塵紙で本を作ってくれていたのだ。せんは昼夜をわすれて文字を書き写した。そして出来上がった書本の最後の丁に、戯作者や版元の署名をする。これを奥付というが、そこに並べるように自分の名を記した。

『和漢貸本　梅鉢屋』

それが、貸本屋せんの船出だった。

「たしかに縁日であのぼんくらを見かけはしたけど、声はかけなかったよ」

「なぜです？　せっかく会ったのなら連れて帰ればよかったのに」

せんが首をひねると、女中たちが、「女を連れていたってことだろう」と苦々しげにいった。

「あの人の女好きは、絵を描くことと裏表なんだよ。絵を描くために女を抱いて、女を抱いたら筆を動かすのさ」

おかみに裏庭へ案内され、土蔵の重い扉をひらき中に入る。格子窓から差し込む月あかりが、棚に積まれた書物を照らしていた。

「すごい。これほどの数の本、どんな書肆《しょし》にも並んでいないよ！」

圧倒されて入り口で立ちつくしていると、蠟燭《ろうそく》を手にしたおかみが、先だって奥に足をふみ入れた。埃《ほこり》が舞いあがる。おかみは袂《たもと》で口もとをおおい眉をひそめた。かびの匂いがせんの脇をすりぬけ、庭へ吹きだしていく。書物たちの気に押し潰されそうで、足の裏に力をいれた。

「ここにある大半のものは、藤吉郎が転がり込んできたときに持ってきたものでね。そのあとも増える増える。たまに井田屋の大旦那のような本好きが、蔵へ入り浸ることもあってね。ほとほと迷惑したものさ」

せんは、せり出すように積まれた書物のあいだを進み、奥に置かれた長机の前で足を止めた。

「あの人、ここでよく絵を描いていたよ」

机の上には巻紙が置かれ、硯《すずり》には墨が固まったままになっている。描きかけの絵の横に汚れた筆が転がっていた。

燕ノ舎が姿をくらましたのは、十五、六年前。華美な美人画への締めつけが厳しかったころで、一枚絵や挿絵の下絵の注文が減り、ふさぎ込む日が多くなっていた。

「なにを考えているのかよくわからない男だったけど、たぶん、なんでもないような顔で戻ってきてこの続きを描くんじゃないかね」

ここのところ、客の口から燕ノ舎の名を聞くようになった。

「きっと里心でもついて、この辺りをうろついているんだろうよ」

井田屋の隠居の耳にもその噂が届いていたにちがいない。

「のこのこと戻って頭を下げてきても、一発ひっぱたいて追い出すけどね」

せんはおかみの愚痴にあいづちを打ちながら、机に目を落とした。

「白粉の香りが立ってきそうな絵。かなりの腕前だとおみうけしました」

完成することなく捨て置かれた絵は、見目美しい男女が重なりあう春画である。

「しばらくここで本を見せてもらってもいいですか？」

できたら写本をこしらえたいと頼む。

「そりゃあ構わないよ。ただ、ここに来るときは表から入らないでおくれ。あんたみたいな素人を使っているなんて、客に勘違いされたくないからさ」

ああかび臭い、とおかみは咳《せき》をしながら蔵を出ていった。

あらためて、せんは棚を見てまわった。床は埃だらけなのに、本は塵ひとつかぶっていない。

蔵におさまっているのは、読物や草双紙だけではない。役者を描いた彩色豊かな錦絵や、風景を模した浮絵、漆黒の石摺絵《いしずりえ》、巻紙になった絵半切などが無造作に積まれている。

燕ノ舎の手だろうか。武者絵の下描きを手にとった。

絵は読物になくてはならないものだ。何十丁も文字を追って本を読み尽くしたとしても、たった一枚の挿絵のほうが、物語を超えて読む者の心に焼きつくことがある。

書棚の本にはいくつもの付箋が挟まり垂れさがっている。とたんにせんの頬が熱くなった。何冊か手に取り、文机《ふづくえ》にむかう。

矢立を取り出し、墨壺に筆先を浸した。書物の文字を写すとき、せんはだれかの声を聞く。一文字ごとにささやいてくる。

それは本を作ることに携わった職人たちの、魂のかけらのようなものだろう。奉行所の沙汰ひとつで、絶板になってしまう時世である。だから板を持たない貸本屋は、本を読み継ぐために、一字も漏らすことなく書き写すのだ。

つぎの日から取り掛かったのは、『秋夜長物語《あきのよながものがたり》』である。

南北朝時代に作られた、比叡山の僧・桂海《けいかい》と、稚児・梅若の悲しい恋物語。

寺院の狭い世界で繰り広げられる男色や稚児物語は、いまでは表立って描かれることがなくなった。

筆に墨を浸し、大きく息をはく。震える手がおさまるのを待ち、少しだけ黄みのかかった紙に墨を落とした。

三

いつものように朝餉《あさげ》を茶漬けですませ、この日まわる客から頼まれていた本を並べていると、どぶ板を踏みつける音が聞こえてきた。いきおいよく腰高障子が開く。神田の青物市場《やっちゃば》から野菜を仕入れたばかりの登が、血相を変えて飛びこんできたのである。

「朝っぱらからうるさいねえ。おたねさんとこの坊が目を覚ますじゃないか」

登に背をむけたまま、本と絵草紙を風呂敷に包んでいく。上がり框《かまち》にのりあげた登が、

「おい、おせん。おめえ、女郎屋に出入りしているってほんとか?」と、怒気を含んだ口ぶりで問いつめてくる。

(面倒くさいおとこだねえ)

読物の登場人物には、厄介ごとを持ちこむお侍やらお公家様がつきもので、たいていそういう男は、主役たちの恋路をふりまわすのがお約束だ。現《うつつ》の世では、昔馴染みの男

が、その役まわりなのかもしれない。

「大筒屋っていやあ表むきは小料理屋だが、知る人ぞ知るあいまい屋だ。梅鉢屋のおせんが色を売っているって、方々で噂になってるぜ」

「だったらどうだっていうんだい」

「まぬけ。だったらすぐ俺のところに嫁に来やがれ」

「阿呆だねえ、あんたは」

せんは文机に鏡を据えて、ささっと髪をととのえる。

「だいたいねえ、男に体のあちこちを吸われるひまがあるなら、あたいは本を探し歩くよ」

鏡ごしに、登のふてくされた顔が見えた。座り込んだ登は大きく息をつき、出かけ支度をするせんを物言いたげに見つめている。せんは登の目から逃げるように立ちあがった。

登と男女のあいだがらになることは、兄妹がちちくりあうようなものでしっくりこない。

長屋の女房らのいうとおり、登と所帯を持てば、気の置けない仲であるからうまくやっていけるのはわかっている。わかってはいるが、物語と挿絵の場所がずれるような、ちぐはぐさを感じてしまうのだ。

一緒に過去を乗り越えることにとまどう理由はそれだけではない。登の中には、せんを「これ以上不しあわせにしてはならない」というくびきがある。登がそれを愛情だと勘ちがいしているからだ。

「ねえ、登。あんたのおとっつぁんが、いまでもあの時のことを悔いているのは知っているよ」

あの一件がきっかけで、平治は命を短くした。それは事実だ。けれど、時蔵だって倒れたまま骨みたいになっている。

「だからって、子のあんたが償うことなんてないんだよ」

「親のこたあかかわりねえよ。おせんはおせんだし、俺は俺だい。そんなことより噂のわけをきかせてくれ」

「大筒屋に珍しい本があるから、写本をこさえるために、世話になっているだけのことさ」

「それだけかい?」

「確かめたかったら銭もって店に行ってみればいい。娘さんたちは、みんな手練れらしいよ」

せんは登の肩を押しのけて土間に降りると、貸本を積んだ背負子《しょいこ》をかついで部屋を出た。朝露に濡れた屋根瓦に朝日が降りそそぎ、起き抜けでまだ明るみに慣れないせんの目をくらませる。

「おい、話は済んでねえぞ！」

朝っぱらから湿った話をするのは好きじゃない。先を急ごうとするせんだったが、追ってきた登の手が、せんの肩をつかんで離さない。

振り返ると、目の前の光が消えた。登の厚ぼったい唇が、せんの口をすっぽりと包んでいる。

土の匂いがする。青菜の根っこの香りかもしれない。そして、あのたくさんの書物が置かれている大筒屋の蔵と同じ匂いでもある。つい手が登の背に伸びかけた。あそこにある多くの物語が、一気にせんの中にあふれかえり、頭の中なのか胸の中なのか腹の中なのか、どこだか分からないが熱く燃えあがりそうだった。

せんは、登のすねを思いきり蹴り上げた。つま先が痛くてうめいたのはせんのほうだ。

「なにすんだよお」

「こんどこんな下手な口吸いしやがったら、その振り売りの棒で、ケツに穴をあけてやる」

「ばかだなあ、ここにはさいしょっから穴あいてらあ。なあ、今日はどこをまわるんだ？」

「登の声がとどかないところだよ！」

せんは唇を袖で拭《ぬぐ》いながら、長屋を飛び出した。自分の中に、女の部分がしのんでいるようで恥ずかしくなった。

日本橋まで息をととのえながらゆっくり歩く。橋を渡るころにはいつもの調子に戻り、仕事にくり出す職人たちの忙《せわ》しなさにつられて、せんの足もおのずと早くなった。

顔見知りの手代らにあいさつをしながら通町をつらぬく道をいくと、好奇の目をむけられているのを感じた。登の耳にまで入っているのなら、この辺りではもっと尾ひれがついて広まっているのだろう。

(腰でも振って歩いてやろうか)

南伝馬町を抜け、大筒屋がある常盤町にむかう道に折れた。

大筒屋の裏手にまわり、裏木戸から庭へ入る。煮炊きの匂いが店のある母屋から漂っているが、そのずっと奥の方に白粉と煙草の香りも交じっていた。

ちょうど厠《かわや》へ出てきたおかみと目が合った。きゅっと閉じた口元を緩めることはない。

「おはようございます。今日も写させてもらいます」

「飽きもせずよく続くもんだ。これだから本狂いの性分はねえ」

せんは頭を下げて、蔵へ入った。

下町のざわつきから切りはなされ、大きく息をつく。

高窓の庇《ひさし》に雨だれが見える。すうっと一本の線を描いたようで、じっと見つめていると、秋の少し硬い雨粒ひとつひとつまでが、雫《しずく》となって見えてきそうだ。

せんは深く息をはいた。

このひと月ほど、仕事の合間をみつけては、大筒屋に通いつづけ、ようやく『秋夜長物語』の文を書き終えた。

貸本屋が扱う写本は、客が読みやすいよう大文字でこしらえることが多い。口絵や挿絵を入れることもない。たいていの客はそれで満足する。だが、梅鉢屋の客にはかな文字しか読めない町人が多い。物語を彩る絵があればもっと楽しめるのだ。

欲をいえば、ここに美しい挿絵がほしい。話はさらにふくよかに彩られるだろう。

せんには絵の心得がない。花を描いたのにヒョットコだと登に笑われたことがある。

ふいに、仕あがったばかりの本がはらはらとめくれた。開け放たれた扉から風が吹きこんでくる。せんは身を固めた。鬢《びん》の油が饐《す》えたようなにおいが強くなってくる。

背後から男がぬっと顔をよせてきて、「ほほほお」とすっとんきょうな声をあげた。

「稚児物語かい。ずいぶんと酔狂なものに手を出しているじゃねえか」

慌てて写本を胸に押しこむ。腕がすいと伸びてきて素早く抜き取られた。

「あ、あんた、誰だい」

せんの袷《あわせ》ははだけたままで、男はそんなせんの胸を見てくくと笑った。

「墨がうつっちまったよ」

男は笑いながら指に唾をつけ、せんの二つのふくらみの間をぐいと拭った。

「店《うち》の女じゃねえな。こんな貧相な身体じゃあ、山の神《にょうぼう》が笑っちまうよ」

せんは袷をぐいとつかみ、肩ごしに鬢の白い老人を見あげた。

「燕ノ舎どの？」

十何年も姿を消していた男なのに、ちょいと散策にでも出かけていたかのようないで立ちだ。雨が降っているというのに、下駄も履かず草履のままだし、着物の丈もつんつるてん。絵師ならばもっと粋であろうに、まるで田舎侍が茶屋の女を物色するような野暮ったさがにじみ出ている。燕というより、山郷《やまざと》からおりてきた烏のようだ。

鉤鼻から漏れる息は、ぬか漬けのような臭いがする。眉をひそめるせんに、燕ノ舎はニタリと笑った。

「ひさしぶりに家に戻ったら、蔵で本を写している女がいるっていうじゃねえか。女房《みすず》が敷居をまたがせるなんて、とんでもねえ別嬪かと思って見にくりゃあ、なんとも艶《えん》の薄いおなごでがっかりだわ」

「紅をさした女が、こんな蔵にいると思うあんたがおかしいんだよ」

「そりゃあ、そうだあ。おめえ、名は？」

「福井町のせん」

燕ノ舎は文机の横に積んでいる高荷から、本を一冊抜きとり、最後の丁をめくった。

「梅鉢屋かい。聞いたことねえなあ」

どこにできた本屋だ、と首をひねる。

「あたいの店だよ」

「女の貸本屋かい」

そしてせんから奪い取った写本に目を移し、「女にしては、色気のねえ文字だな」と笑った。

「この白いまんまのところに絵をいれてえんだな。そうだろ?」

濡れ場である。比叡山の僧・桂海律師《りっし》が、三井寺《みい》の桜の下にいた美しい稚児・梅若に心を奪われ、のちに心をかよわせて枕を共にする。梅若は稚児と記されているが、十六歳のうるわしい若者だ。絵にすれば、読者はぐっと引きこまれるにちがいない。

「心当たりのある絵師は、みんなしり込みする」

「あたりめえだ。てめえの首はおしいからなあ」

商売仲間に会うたびに、挿絵を入れてくれる絵師はいないかとたずねてみたが、金にもならぬ仕事である。しかも、元の本が奉行所から咎《とが》めを受けかねないものとなれば、仕事をうけてくれる酔狂な絵師はいない。下手をすれば、父の事件の二の舞になる。

「おめえさん、禁書やワ印もあつかっているのかい」

「……あんたが狗《いぬ》じゃないって証拠はあるの？」

「わしが奉行所の手下？　こんな老いぼれがかい」

「そうとはわからないようにあたいらを見張るのが、狗のやり方だ。うまく町にまぎれている。信じていた客に裏切られた貸本屋を幾人も見てきた」

梅鉢屋の禁書扱いの本は、一見しても普通の読本にしか見えないよう、表紙を二重にしていたり、部屋の床下に作った穴蔵に隠したりしている。

どこに隠密同心の手先が潜り込んでいるかわからないからだ。

「だけど、あんたは確かに画工《えかき》だ。指にタコができているからね」

昔、平治の仕事仲間の絵師にも、同じような肉刺《まめ》がたくさんできていた。

それに、この男の体は驚くほど細い。まるで枯れ枝のようで、立っているのもやっとである。捕り物などできようはずがない。

「そういやあ、こっちに面白いものがあったんだが、まだあるかねえ」

燕ノ舎はひょろりと立ちあがると、埃に咳きこみながら、書棚や木箱を検《あらた》めはじめた。

「ちげえなあ」とか「くそ、かびてやがる」と悪態をつき、宝でも探す子のように首を伸ばしている。

「なあ、おめえさん、好きな本はあるかい？」

「……『源氏物語』」

「ククク、女はみんな好きさあな」

長屋にもどると、家の三和土《たたき》にかごが置かれていた。里芋が山ほど入っている。大きなふっくりとした芋は、せんの好物だ。ここ何日か、こうして登が野菜を置いていく。

「付文《つけぶみ》とか花とか、色気のあることはできないもんかねえ。声はわるくないけど、ほかはまるごと粋じゃないんだよねえ」

帰ったらすぐ竈《かまど》の火口から種火を探して、付木に移す。行灯《あんどん》に火を入れると、真っ暗な部屋に積みかさねた書物が浮かびあがった。

火鉢を熾《お》こして湯を沸かすと、冷や飯にかける。大筒屋から戻るとき、売れ残ったという茄子の漬物をもらったので、それも一緒にかっこんだ。

貸本業はたいそう腹がへる稼業だが、写本をするのも相当力を使う。帰ってくるとへとへとだ。

それでもせんは本を開く。おたねや木戸番の熊吉にいわせると、さっさと寝て油代を節約しろということになる。だが、せんにとっては孤独とは無縁でいられる大切な時間なのだ。

父の平治は、読物の挿絵や、錦絵の版板を彫る職人だった。

父の彫る女の後れ毛は、絹糸よりも細いと評判で、板木屋の中でも随一の腕を持つ彫師だった。読み書きが楽しくなってきたころ、平治が彫っている板をせんは横からじっとながめ、話の筋を聞いたものである。

あるとき、平治がいつもより緊張した面もちで彫刻刀を動かしていた仕事がある。

小さな版元から刊行される予定の武者物で、平治の手がめずらしく震えていたのを、幼いせんはよく覚えている。

その後、版元で試し摺りが行われた。平治は一番摺と呼ばれる薄摺りの本を持ちかえり、こっそりせんに見せてくれたのである。せんには読めない文字ばかりだったが、挿絵を見るのがなによりも楽しい遊びだった。

「この本の絵師さんの奥付、面白い形をしているね。なんの絵かしら。文字が書けないお人なのかな」

ふふ、と平治は笑みを浮かべ、じっと絵を見つめた。

「いいかい、挿絵はただ物語に沿って華やかにするだけが役目じゃねえのよ。絵師は戯作者の意趣を汲《く》んで絵を描くのさ」

「じゃあ、ちゃんと文字が読める絵師なのね」

「あたりきよ。いっとう頭のいいやつが絵師になる。なんてったって、目の前にあるもんを、ながめただけで、本物よりすごいもんにしちまうんだからな。そしてわしら彫師は、それをたがうことなく忠実に削っていく。こうしてはじめてどんな筋書きなのかあきらかになっていくのさ」

「この本は絵を見ないとわからないの?」

ああ、と平治はうなずいた。

「この『倡門外妓譚《しょうもんがいぎたん》』はな。せん、この武者が刀をむける先に吉原の大門《おおもん》があるだろう。ここからなにがわかる?」

幼いせんは、一生懸命考えた。しばらくして、お腹がぐうと鳴ってひらめいた。

「このお侍さんは、美味しいものが食べたいの。吉原ってとこは、すっごくきれいな女の人がいて、あたいたちが見たこともないものが食べられるって、登がいってた」

謎解きする娘の顔を、平治は目を細めながめていた。

「なるほどなあ。それも間違いじゃねえだろうな」

答えはほかにあるようだった。

「よく目を澄《す》ませりゃあ、この武者がなにを考えているのかわかるのさ。本当なら、吉原の周りには田んぼしかねえ。殺風景なものさ。だけど、この絵の大門には右に竹と雀、左にはそれを狙う鷹のすがた。こんな場所はひとっところしかねえ」

「どこ?」

「そりゃあ、いえねえな。彫っているさなかに、このタクラミに気がついても、口にしちゃなんねえのよ。彫師は版下絵通りに彫るのが仕事だ」

「おとっつぁんのいじわる。教えてくれたっていいじゃない」

「ないしょの、ないしょ」

この数日あと、平治は命を削られた。文字通り「削られた」のだ。

せんと登が手習い所から帰ってくると、福井町で騒ぎが起こっていた。狭い路地に大人たちがひしめきあっている。家から飛び出してきた母に強く抱きよせられ、むかいの部屋の壁ぎわに引きずられていった。

「せん、なにも見ちゃいけない！」

母が声を絞り出す。定廻り同心や岡っ引きたちが、作業場でもあるせんたちの家に押し入る。そして、平治と板木すべてを表に放り投げたのである。

板木屋平治が彫った『倡門外妓譚』なる読物が、御公儀を愚弄する筋書だと同心が叫んでいた。

桶屋の職人や、普請場の大工が集められ、鉋《かんな》で板を削れと命じられた。

その中に登の父、時蔵の姿もあった。

泣きさけぶ平治の声が町に響く。板は彫師のすべてだ。

平治は同心らに押さえつけられ、指を折られた。野次馬たちが悲鳴をあげた。平治を助けてくれる大人はいない。

「おっとう、やめておくれよ！」

登が時蔵にしがみついたが、中間《ちゅうげん》がひきはがして投げ飛ばした。

騒動のあいだ、母はせんを強く抱きしめて、「もうだめだよ」とくり返し、小さく小さくなっていた。なにも見ない、なにも知らない、そういいきかせるように、震えながら娘を抱いていた。

その間、せんはいままで平治と読んできた本のことを考えていた。だけど、浮かんでくるのは、父が彫り、摺師が仕上げた美しい挿絵の数々で、板が目の前で削がれていくにつれ、せんの頭の中までもが削られてしまうようで気分が悪くなった。

家に積まれていた多くの本や、仕事道具の鑿《のみ》や小刀が、竈《へっつい》で焼かれた。

平治は、今生彫りにたずさわることを禁じられたのだ。

後日、禁書の版元と戯作者、挿絵師が姿をくらましたと町名主から知らされた。

母はかすかな音にも身をこわばらせるようになり、夜の拍子木にすら耳を閉じ震えていた。それからしばらくして、母はどこかの男と姿を消したのである。

女房に愛想をつかされ、彫り以外の職につくことを拒み、酒におぼれた平治は、せんが十二歳の秋に、再び鑿を握ることなく大川に身を投げ自死してしまった。

父が慰みごとにはまっていたことを知ったのはそのあとだ。長屋の女たちが立ち話をしていたのだ。金のために実入りのよい仕事を受ける平治に、逃げた母はよい顔をしていなかったが、とうとう家族を巻き込んでしまった。大人たちは、平治の自業自得だと口にしていたが、せんは違うと思っていた。

（いくらおとっつぁんが手慰みにこっていたとしても、それと板木削ぎ落しは別のはなしだ）

でもそれを声高に訴えることはできなかった。せんはまだ十二歳であり、世の道理がおかしいといって、では自分がどうしたらいいのか、皆目見当がつかなかったからである。

最後の茄子漬をかみ砕いて飲みこむ。すこし塩っ辛いが、疲れた体にはちょうどよかった。

四

通油町《とおりあぶらちょう》の南場屋六根堂は、せんが足しげく通う地本問屋である。

平治は、ここから開板する書物の彫りを多く請け負っていた。だからせんもひんぱんに店に出入りしており、朝から晩まで草双紙や錦絵をながめて過ごしたものである。亀戸の隠居を紹介してくれたのは、ここの主《あるじ》、喜一郎《きいちろう》だった。

「親父さん、馬琴先生の続篇、扱っていないかい？」

訪いをつげて、ちょうど店先で接客を終えた喜一郎に声をかける。恰幅のよい主人がからからと笑って手を振った。

「はいった、はいった。一冊だけ運よく手にはいったよ。おせんが来ると思って、誰にもみせておらぬ。そのかわり、値は張るよ」

「待っている客が多いんだよ。いくら？」

帳場格子に戻った喜一郎が算盤をはじく。

「相場の倍じゃないか！　足元みないでおくれよ」

「大丈夫だよ。馬琴の読物に、北斎の挿絵だ。ここで手に入れておかなければもう二度とお目にはかかれないかもしれないよ。それとも、写本にするかい？」

葛飾北斎の絵がなければ意味がない。

せんは袂から巾着を取り出すと、あり金をすべて喜一郎の膝もとに差しだした。

「すぐに元は取れるさ。なんならなじみ客、引き合わせてやろう。ただとはいかんがね」

銭をあらためた南場屋は、「そういやあ」と声を落とした。店で本を綴っている手代たちに聞こえないよう、せんに顔を近づける。

「さいきん奉行所に目をつけられてないかい？　この辺りを縄張《しま》にしている岡っ引きの親分が、おまえさんのことをたずねていったよ」

「さあ。身に覚えがありすぎてわからない」

「中本（滑稽本《こっけいぼん》）くらいなら、お上だって目くじら立てることはない。だが絶対に手をだしてはならん書もある。それだけは気をつけなさい」

「わかっているよ。一線は越えないこと」

ぎりぎりのところを見極めて商いをしなくては、客にも、多くの本に関わる職人たちにもとばっちりがかかってしまう。

「わかっておればいい。お前さんは戯作者じゃない。あくまで、本と読み手を繫ぐお仲人なのさ。それを忘れちゃあいけないよ」

「わかっている」

真一文字にした唇を、いくどか開こうとした喜一郎だが、せんの顔をみてふっと表情を和らげた。

「また探し物があったらおいで。彫りと摺りのいいやつを用意しておくよ。とはいえ、『後れ毛平治』のような職人は少なくなってしまったけどね」

「その名を口にしたら、親父さんが手鎖にあっちまうよ」

「馬鹿もん。平治は、わしがいっとう惚れこんだ板木屋だ。後ろめたいことなんてこれっぽっちもない」

平治が金に困っていなければ、あんな危ない仕事はしなかった。もっとはやく賭けごとから足を洗わせて、自分が実のいい仕事を回せていれば、と喜一郎は悔いている。

「親父さん、そんなに優しいなら、この本、すこしまけておくれ」

「そりゃあ、別のはなしでございましてねえ」

喜一郎はたるんだ頰を揺らしながら、満面の笑みを浮かべてみせた。

店を出ると、表通りは砂をふくんだ風が吹き荒れていた。

（貸本屋は裏道をいく商売だ。筆禍が怖くて御公儀と喧嘩できるかっていうんだ）

帯に巻き付けている一冊の本にそっと手をあて、足音を押し殺すように歩いていく。

かすかに葉擦れのような忍ぶ音もかさなっていたが、せんはそれに気づかなかった。


あいかわらず絵師のめどはつかない。

あきらめて、二冊目の本にとりかかろうか迷いはじめたころから、蔵に燕ノ舎が姿を見せるようになった。はじめて会ったときより身なりの良い着流し姿である。みすずの怒りがとけたのかわからないが、また入り婿の顔をして母屋に居着いているようだった。

足音もたてず蔵の中を歩きまわり、ヒューヒューと息をもらすように本や絵をながめていく。

「燕ノ舎、絵は描かないの？」

あるときせんがたずねると、燕ノ舎は「んん？」と目をしばたたかせた。

「もったいないよ。これなんか色をつけりゃあ欲しがる好事家《こうずか》が多いだろうに」

描きかけの絵をかかげてみせると、燕ノ舎ははじめてそれを見るように首をかしげるだけだ。自分が絵描きだということすら忘れているようだった。

ある日、いくつかの本に目を通して蔵から出ると、おかみのみすずが、母屋の縁に片膝をついて、庭の柿の木を見あげていた。声をかける間もなくおかみがせんに気づき、珍しく皺のよった手を挙げてよこした。

「ちょいと、つきあっておくれ」

咎められると思った。愛想つかしているとはいえ、亭主が若い女の籠る蔵に出入りしているなど、心中おだやかでいられるわけがない。

だが、みすずは火鉢の上で温めた土瓶を手に取り、ふたりの間に並べた湯呑みにとくとくと酒を注いだ。

「いける口だろ」

「店を空けていいの？」

「藤吉郎がなじみ客を集めてどんちゃん騒ぎさ。うるさくてしかたない」

大筒屋の二階からは、女中たちの甲高い笑い声と、煙草の匂い。そして軽妙な三味線と唄が聞こえてくる。

みすずのすすむ酒をながめながら、せんも口をつけた。ふくよかな匂いが鼻に抜ける。

「下《くだ》り酒だよ。ここのところ、めったに手に入らないけどね」

「燕ノ舎の土産かい」

「こんなもんでほだされやしないが、酒に罪はないからね。この世は贅沢するなって風潮だけれどさ、酒くらいはいつまでもうまいものを口にしたいもんだよ。けったいな世だと思わないかい？　面白おかしいものがけしからんだなんてさ。せめて生きる楽しみのようなものだけは、なくしたくないもんだ」

「蔵の本を処分しなかったのは、そういうことなんだね」

「ん？」

「いつ戻ってこられるかわからない亭主のものを、何年も埃はらいしておくなんて、あたいにゃできないと思ってさ」

　蔵の書物はかび臭く、鼠にかじられたものもあるが、埃はほとんどかかっていない。

「酒と同じさ。本には罪はないだろ」

「燕ノ舎はなぜ江戸を離れていたんだい？」

　諸国を放浪していたというのに、燕ノ舎は一枚絵ひとつ完成させていない。躰もかなり悪くしている。道楽で物見遊山にくり出していたわけではないだろう。

「昔は厄介な絵ばかり描いていたからねえ。町方に目をつけられてさっさと逃げ出したのさ」

「おかみさんに迷惑をかけたくなくて家を出たんだね」

「そんな気の利いた男じゃないよ」

みすずは低く笑った。

「おせん、そろそろここに通うのはやめたほうがいい。藤吉郎が帰ってきたのなら、きっと町方の手先が張り付いているはずだ。とばっちり食わせるわけにはいかないよ」

厳しい口調だが、そこにはみすずの気遣いが含まれている。

ふっと眦《まなじり》を下げたみすずが、庭の生垣のあたりに顔をむけた。

「もう、蛍は飛んでいないねえ。たまに生き残ったやつが御堀から流れてきてね、この庭に紛れ込んでくるんだよ」

「……秋の蛍は縁起が悪いよ」

「そうなのかい？」

「光がよわよわしいから、病蛍《やみほたる》っていうでしょ」

あえかに灯る光は、せんを不安にさせる。

「昔、あたいのおとっつぁんが、大川に身をなげて死んだんだ。そのときに、季節外れの蛍がおとっつぁんのまわりにとんでいた。あたいにはおとっつぁんの無念がこの世に悔いをのこして漂っているようにみえた」

するとみすずが、酒の中に声を落とすように口をひらいた。

「なく声も　聞こえぬ虫の　思ひだに　人の消つには　きゆるものかは」

光源氏の娘玉鬘《たまかずら》に思いを寄せた兵部卿の宮が、蛍の灯りに照らされた想い人を目にして詠んだ歌だ。

「この歌を書いてよこした男がいてね」

「燕ノ舎?」

まさか、とみすずは大きく手を振った。

「どんな顔か忘れちまうくらいの男だよ。だけど、胸ン中がざわっとした妙な浮かれ具合とか、熱くたぎっちまった灯りみたいなものは、そう簡単に忘れられないもんでね」

「蛍はすぐに死んじまうのに、光だけが胸んとこに残るなんて、苦しいだけじゃないか」

「親父さんのまわりで飛んでいた蛍は、たしかに無念の想いだったのかもしれないね。ひどい目にあって辛抱ならなくなったとはいえ、ちいさな娘を置いていくんだ。心配でたまらなかったろうよ」

みすずは、出入りする客からせんの生い立ちを耳にしたことがあるのかもしれない。二階の連子窓のすき間から、にぎやかな酒盛りの声が響いてきた。せんには燕ノ舎の声を聞きとることはできなかったが、みすずは時おり口元を緩めたり、ぎゅっと閉じたりする。

目も、鼻も、肌を撫でる誰かの手の温かさも、最期は感じなくなるかもしれないが、愛おしい人の声だけは、どれほど小さくなっても届くものなのかもしれない。

しばらく秋の蛍をふたりで探しながら、酒を重ねた。酔いがまわりはじめたころ、みすずが首をかしげていった。

「でも解せないねえ。あんたの親父さんは、どうしてそんなにひどい仕打ちにあったのか。一介の彫師ならさほどの罪にはならなかっただろうに」

たしかに、一番にお縄になるのは版元だったはず。だが、版元はすでに江戸から姿をくらましていたという。

「奉行所は、おとっつぁんのことを、どこから知ったんだろう」

板を彫るとき、彫師は己の屋号を刻むこともある。だが、平治はどんなに大きな仕事でも、職人がでしゃばるのは好かないと、銘を入れなかったはずだ。

「だれかが親父さんを密告《さ》したんだろうね」

密告。

ありえない話ではない。いまも多くの戯作者や版元が、奉行所から厳しい統制をうけている。

(狗はちかくにいる)

福井町へ帰る道は月もなく真っ暗で、大筒屋から借りた提灯が秋の風に揺れて心もとない。

神田川に近づくころ、せんはふと足を止めた。同時に背後から聞こえていた砂を蹴る音が一緒に消える。小伝馬町あたりから感じた気配は、新シ橋を渡ったころにはなくなっていた。

武家屋敷の前を通り、足を早めて長屋へ急ぐ。

福井町の木戸が見えてくると、ようやく肩の力が抜けた。まだ木戸は開いている。

「おじさん、起きているかい？」

小屋の戸を開けると、土間に売り物の手ぬぐいや草履などが積まれ、奥の四畳半に布団が敷かれたままになっている。

壁にかけている拍子木がない。夜回りに出ているのだ。

誰もいない木戸をくぐって福井町にはいると、灯りは少なくなり、せんの提灯だけがぼんやりと路地を照らした。

ところどころに、ぽつぽつと火影が灯っている。夜なべしている家からは、夫婦の話し声や内職で木槌をたたく音、夜泣きの赤子をあやす声がもれている。

千太郎長屋に入り、提灯の火を消そうと足を止めたとき、せんの家の前に男が立っているのが見えた。

「登かい？」

提灯を掲げて声をかける。男が顔をあげた。ほっかむりをしている。腰高障子に指がかかっていた。

「だっ……！」

声がのどの奥に詰まって出てこない。手から提灯が落ちた。火が紙に燃えうつる。振り返った男の手に、匕首《あいくち》が握られていた。

押し込みだ。燃える火に照らされた刃が、蛇のようにめらめらとうごめいている。

男は無言のまま、せんにむかって突進してきた。

その動きは驚くほど敏捷で、せんが声をあげて助けを呼ぶ間もなく、刃がひらめき、せんの袂を切り裂いた。巾着袋にいれていた銭がどぶ板にはね、男が一瞬動きを止める。

せんは這《は》いながらむかいの障子戸に背を当てた。燃え尽きる提灯の火が男の姿を浮きあがらせるが、顔ははっきりしない。

男の手がせんの首に伸びてきた。のどのいちばん柔らかい場所を狙い定めて指がくいこんでいく。せんは男の腕をひきはがそうともがいたが、首はさらに絞まった。鼻からも口からも水が垂れ流れている。

闇のなかにぼんやりと蛍が光る。その光はだんだん強くなった。焼ける提灯の火に照らされた男の口元は、すきっ歯だ。

長屋の奥の家から指物師が顔をだした。厠へ行きかけたが、路地にあがる火にぎょっとして立ちすくんでいる。匕首を振りあげる男に気づき、「なにやってんでえ！」と、大声をあげた。

首を絞めつけている指の力がゆるんだすきに、せんは足裏で男の下腹を蹴りあげた。男は匕首を落とし舌を打つ。拾おうと手を伸ばした男だったが、騒ぎで起き出してきた住人たちの気配に気づき、路地を走って逃げていった。

指物師がせんに駆けより、「だれか、番屋へ走っておくれ！」とさけびながら、切れた袂をみて顔をしかめた。

「面はみたのかい？」

せんは震えながら首を振った。

騒ぎに気付いて表に出てきたおたねが、悲鳴をあげながら燃えさしの提灯に砂をかける。おそるおそるせんの家の中をのぞいて、ふうと息をはいた。

「部屋は荒らされていない。ちょっとでもおせんが早くもどっていたら、中で出くわして大事になっていたよ」

その夜、せんはしっかりと戸に心張棒をかって、部屋の隅に座ったまま夜を明かした。躰の震えがおさまらず眠れなかったのだが、ある音が耳から離れなかったのだ。

押し込みは、逃げるとき、「カラン、カラン」と腰から音を立てていた。幼いころから聞きつづけていた、夜の拍子木の音と同じだった。

五

大筒屋の軒下にしゃがむせんを見つけるなり、燕ノ舎にみるみる喜色が浮かんだ。酒と煙草の匂いが近づいてくる。

「ホホ、寄るべのないおなごが捨てられておる」

「燕ノ舎こそ、朝帰りなんぞして、おかみさんに追い出されるよ」

「へへ、亀戸でうまい汁粉のつくりかたを教わってきたのさ。うちの女房はあんこが好きなんだよ」

手には小豆をつめた袋と、荒縄にくくられた葱を下げている。

燕ノ舎はさっさと店に入ると、奥の台所の焚口《たきぐち》にむかってしゃがみこみ吹き竹を吹きはじめた。おかみは起きてきておらず、通いの女中や包丁人も来ていない。しんとした店の台所に火がはぜる音だけが響いた。

「お、きのうのうどんが残っておる」

大きな釜の蓋をあけてのぞきこむと、せんを手まねきした。

「葱をきざんで味噌といっしょにすり鉢で擂《あた》ってくれ」

「あたいが?」

「腹へってんだ。ちゃっちゃとうごけ」

せんは高荷を床几においで、袖をたすき掛けして台所へ入る。水棚からすり鉢をとりだして、とまどいながら葱を刻んだ。

「危なっかしい手つきだ。嫁には行けそうにねえな」

せんの包丁運びを横目でみながら、燕ノ舎がため息をついた。せんが練った味噌あえを、うどんのなかに入れて溶くと、葱の香ばしいにおいが立ちあがる。

みすずが起き出してくるころには、くたくたに煮えたうどんが朝餉に用意されていた。

三人で、飯台に並びうどんをすすった。

「けったいな味だねえ」

汁をひと口啜《すす》ったみすずが、口をゆがめた。

「亀戸の葱だ。味噌は仙台。辛みがあうねえ」

「料理は絵具のようになんでもかんでもまぜりゃあいいってもんじゃないんだよ。こういうのは素材が大事なんだ」

みすずが難くせをつけると、燕ノ舎は「いひひ」とおかしな笑い方で肩をゆらした。

「そういやあ、なんでおせんが朝っぱらからここにいるんだい。まさかおまえさん、こんな素人娘のとこにころがりこんでいたのかい」

険のある目つきに、せんは慌てて首を振った。

それどころか、昨夜はさんざんな日に遭ったのだ。うどんを飲みこむとき、まだのどが痛む。

「本好きには食い意地の張った奴が多くてな。ひさしぶりに馴染みに顔を出せば、なんだかんだと食わせられる。むかしは連れ立って、あちらこちらへ食べ歩きをしたもんだ。物書きもおなじさ。きっと、あいつらはうまいもんを食いたくて、筆をうごかしているんだろうなあ。源蔵（唐来参和《とうらいさんな》）辺りはきっとそうだ」

「なんだか気が晴れないときは、甘いものを食べりゃあいいのさ。たいていのことは美味いってひとことでどうにかなる」

みすずのことばに、せんは大きくうなずいた。

「しかしよお、あいかわらず、おめえのうどんは餅みたいだなあ。口の中がくっついちまうよ」

燕ノ舎が文句をいうと、みすずが「のどに詰まらせて、ちゃっちゃと死んじまいな」といって笑う。

ずずずっと、三人のうどんを啜る音が聞こえている。せんはほんの少し体にまとわりついていたこわばりがなくなる気がした。

夜来の雨は午《ひる》をすぎたころに細くなりはじめていた。

せんが下駄をならして大筒屋に駆けこみ、蔵の戸前で笠をはずしていると、雲の端にぼやけた光がさすのが見える。

今日が最後になるだろうと蔵に入ると、明かり取りの窓の下で燕ノ舎が寝ころがって軍記を読んでいた。

「しけた面《つら》してるじゃねえか。おめえさんを襲った賊は捕まったかい？」

「知ってたのかい」

せんが襲われ四、五日経ったころ、木戸番の熊吉が姿を消した。町名主によると、躰を悪くして番太郎を続けられなくなったという。熊吉が、押し込みの悪党だったと考え至る住人はいなかった。

真実を知る者は、この先きっと現れない。それが狗の役目だ。

熊吉がいなくなった木戸を見るたび、小さな物音に震えていた母の白い顔や、生きる気力を失った父の背中を思いだす。

本を背負って歩く裏道の先に、光はあるのだろうか。

「なあ、写本の挿絵、この燕が描いてやろうか」

そういった燕ノ舎は、文机に座ったせんに後ろから被さると、左手と両足でがっちりと挟みこんだ。

「女を抱かなきゃ、描かないんだろ？」

身をよじろうとしたが、老絵師は閂《かんぬき》のようにせんを捕らえて離さない。そのまま机の天板に押し倒された。燕ノ舎が指をなめる。生娘というわけではない。だが、好きでもない男に抱かれるほど枯れてはいない。

筆を持つ右手に重ねられた燕ノ舎のそれをみて、せんははっと息をのんだ。指が梅の枝のように歪んでいる。

「へへ、竈にくべたらよく焼けそうだろ？」

「……死病かい？」

「腹やら背やら、あちこちに悪いできものができちまった」

「治らないの？　医者には？」

「もう好きなだけ酒を呑んでいいってよ。腹の中から清めてくれってさ」

細い骨の浮き出たのど仏が、つまった笑い声とともに上下する。

「誰しもいつか死ぬものさ。わしはなあ、この世は本の世でいえば一丁にもみたねえ現《うつつ》の夢だと思っているのさ。咎をうけることや病なんぞで、あれこれ悩んだところでせんないことでなあ。次の丁には、これまでとはまた違う世が待っているだけだ」

だけどいけねえな。

燕ノ舎はちいさくつぶやき、舌で唇をなめた。

「やっぱり、まだ生き足りねえ。時《とき》が憎たらしいよ。指の骨なんぞぼろぼろでさ。獅子一頭も描けやしねえ。まだ芝居終わりの撃柝《げきたく》の音なんぞ聞きたくねえよ。なあ、おめえ、わしの手になれ。そして、言うとおりに筆を動かせ。ふたつとない濡れ場を描かせてやるよ」

背後から覆いかぶさってきた燕ノ舎は、筆ごとせんの手の甲を支えた。

「あたいに絵の勘はないよ」

「大丈夫さ。てめえが抱かれている姿を、天からのぞくのさ。戯作者みてえによ。そしてどうすりゃあ、てめえが気持ちよくなるか考えるんだよ。いっぱしの濡れ場になる」

筆の先が、静かに余白におちた。

僧侶桂海の瓜実顔が、じっとせんを見つめ返している。せんは僧の体から逃げようとするが、心はすでに彼のなかに留まろうとしていた。

はだけた裾に僧の手が忍びこむ。もう欲を抑えきれずせんは僧の一部となる。境目がわからないのに、荒々しい僧の指の動きで自分の体の際を知るのだ。

「これがおめえの欲っする男かい。ずいぶんと優男じゃねえか」

桂海の腕が、梅若の体に蛇のように絡みついている。ふたりのマラは赤く膨れそそり立ち、いまにも互いの腹を突き破ろうとする。

艶絵は「笑い絵」と呼ばれ、ともすれば滑稽になりがちだ。絡み合うふたりの男女、もしくは男同士が欲におぼれ、たがいを求めあう姿は、他人の目にはおぞましい光景ですらある。しかし、腕のある絵師が描けば、まるで錦絵のように華やかになるのも、また艶絵の面白いところだ。

燕ノ舎の腕前は確かだった。挿絵でこれだけ見るものの身体を熱くさせる絵に、せんは久しぶりに出会った。

「いいねえ、こういう絵の仕様はわしに合う。おなごの胸の内を探りながら、絵で犯すなんぞ、絵師冥利につきるってもんだよ」

仕上げに、ふたりの間に桜の花びらを散らす。終いの丁に「梅鉢屋せん」を入れ、その横に、燕ノ舎自身の銘を書き記した。

羽を広げた燕の印に覚えがある。せんは帯に手をあてた。

「あたいのおとっつぁんは福井町で彫師をしていた」

「そうだってなあ」

「でも出版のお触書に反した咎で、板木の削り落としにあって。そのうち狂って死んじまったのさ」

「すべての悪法のなかでも一、二を争う所業だ」

読物や草双紙の最後の丁には、必ず奥付をつけるのが決まりごとだ。本屋がむやみやたらに不埒な本を作らないよう定められた触書きのひとつだが、そこに名を連ねる者たちはせんにとっては憧憬の的でもある。

「奥付は、本を作りあげた者たちの誇り。作り物というまやかしを、この現の世に混ぜあわせようとする抵抗の証だ。だから、あたいは奥付の名はすべて覚えている」

墨の香りが立つ燕の印にそっと指先をあてる。

「『倡門外妓譚』の絵師は、あんただったんだね」

描かれている場所は、話にそえば吉原大門ということになるが、絵をじっくりと見れば、御城の桜田堀の向こうに構える桜田門を示していることがわかる。

「仕事で武家屋敷に足を運ぶようになって、この目で絵のからくりに気がついた。桜田門の堀を挟んで両脇には、出羽米沢藩と安芸広島藩の江戸屋敷がある。その家紋が、それぞれ『竹に雀』と『鷹の羽』だった」

大門に刃をむけることがどういうことを意味しているのか。

「この本の作者の本意をくんで、あの絵をこしらえたのかい？　それとも、あんたの意思でこんな恐ろしい武者絵に仕立てあげたのかい？　あたいのおとっつぁんは、すべて知っていたけど、もし燕ノ舎が仕込んだからくりなら、あたいはあんたを許すことはできないよ」

「さあ、忘れたねえ。あの頃はおなごと逃げることしか考えておらんかったからなあ」

とぼける燕ノ舎の手首を握り返す。細い骨をつかんでいるようだ。

せんは帯にかくしている一冊の仮綴りの本を取り出した。

「お、そりゃあ……」

「板削りのとき、うちにあった本はたいてい焼かれちまったけど、この試し摺りだけは屋根裏に隠されていた。いまは肌身離さず持ち歩いている」

「仇を討つためか」

「おとっつぁんの最後の仕事だから」

「あめえなあ。こんなもん持っていることが知れたら、お前さん、敲《たた》きや江戸払いじゃあすまねえぜ」

「これは、あたいにとって、道しるべみたいなもんなんだ」

平治が死んだとき、まわりに舞っていた柔らかな光の蛍の景色は、せんの心にしっかりと刻まれている。

「あたいは裏道を歩きながら、蛍の残り火を後に残すための仕事をしているんだ。本を貸すだけじゃない。守るんだよ」

燕ノ舎はくくと笑い、せんの手をはがして筆をおいた。

いつの間にか、生々しい、しかしどこか夢を切り取ったような、錦絵にも劣らない美しい艶絵が完成していた。

「おめえさん、筆の運びはさすがだが、絵の才覚はねえみたいだな。幾人か安く仕事をしてくれる絵師を紹介してやるよ。また絵が必要になったら行くがいい」

「あんたは？」

燕ノ舎は静かに首を振った。

「最後にこんな匂い立つ絵を拵《こしら》えることができたのは、『後れ毛平治』の引き合わせかもしれねえなあ」

せんが蔵を後にするとき、老絵師はじっと机にむかったままだった。

「またここに来ていいかい」

「つぎはおめえのホトを拝ませてもらうぜ」

「高くつくよ」

腕はだらりと脇に落ちたままだ。それでも肩が揺れて低く笑っているのが、舞いあがる埃越しに見えた。

蔵を出ると、母屋の縁にみすずが立っていた。ふたりで同時に空を見る。

雨は上がり、迷いのないひとすじの光があたりを照らしていた。塵を洗い流したあとの江戸は美しい。やがてみすずは、守り続けてきた蔵を一瞥し、店に戻っていった。

せんは深く頭を下げて、大筒屋を後にした。冷たい風が雫とともに屋根から吹き降り、せんの髪を乱した。言い訳ができた。風に体をなぶられただけだ。

裏木戸を出ると、見なれた男が心細げに立ちつくしていた。いつからそこにいたのか。全身雨にぬれそぼち、しおれながらくしゃみをしている。かごに入れた芋や南瓜も濡れていた。

「なあ、熊さんが姿を消したのは、おまえが襲われたことと関わりがあるのか？」

「さあ、どうなんだろうねえ」

「なんでもかんでもひとりで抱えんじゃねえよ。やっぱりひとりにしておくのは心配だ。そろそろうちに嫁にこいよ」

「もう襲われたりしないさ」

「ってえことはよお、やっぱり熊さんが……」

「もう終わったことだよ。ほら、なにぼんやりしてんだい。こんなひとけない所で野菜なんか売れるものかい。さっさと表通りに出て声張って振り歩いてきなよ」

登は昔からとろくさいけれど、声だけは、いつもどこにいても聞こえてくる。

せんがケツをたたこうとすると、登は軽々ととびすさり身をかわした。

「そういやあ、書き本はできたのか？」

「ああ。誰もが借りて読みたがる当代一の本が仕上がった」

「じゃあ、やっぱりうちに嫁にこいよ」

「ほんとうに阿呆だねえ、あんたは」

せんは笑いながら踵《きびす》をかえした。まだ高い陽が路にそって照っている。せんはほんの少しのびた自分の影を踏みながら歩を進めた。

振り返ると、ぬれた笊をかついだ登が、お天道さまに顔をむけながら声をあげている。

「あんめーあんめー、初ものかぼちゃぁー」

雨上がりの空に吸いこまれていく登の声に背をおされ、せんは裏道をいく。いつもより貸本が軽い。ふと、辻で足をとめた。

さあ、これからどっちへいこうか。

ぬかるんだ裏道には、もう誰かの足跡がついている。その雨あとに、青い空が映りこんでいた。

「カブラもそうろう、いもやーいもー！」

威勢のいい声が、身に染む秋空に吸いこまれていった。

第二話

板木どろぼう

一

火除け地に、薄《すすき》の一叢《ひとむら》があった。乾いた風が尾花の種を巻きあげている。

ほおの産毛がちりりとひりつき、せんは顔をなぜた。このごろ冷えこみがきびしく朝起きるのが億劫《おっくう》でしかたない。長屋がひしめく裏路地をあるくと素足にこたえる。

午時《ひるどき》になっても長い影が路を塞いでいるから、少しでもあたたかなところを求める人たちが、通りの片側に寄って往来していた。

(薄の句を詠んだのは誰だったか)

背負っている貸本の中に、何冊か句選が入っていたはずだ。あとでめくってみよう。そんなことをぼんやりと考えながら歩を進めているうちに、にぎわう浅草御門を過ぎていた。

大八車を引く荷夫とぶつかりそうになり、背の高荷が大きく傾いた。

「おんながでっけえ荷担ぎやがって！　邪魔だってんだあ！」

「そっちこそ、いきり立って車走らせてんじゃないよ！　あんたの腕一本ではこびやがれ！」

人の波をかき分けながら入堀を越えると、地本問屋《じほんどいや》が軒を連ねる通油町《とおりあぶらちょう》に入る。せんのような振り売りの貸本屋は、日を置かず本屋を巡っては、客の好みや要望にあわせて本を探し歩く。

目抜きに店を構える間口四間の六根堂南場屋喜一郎は、開板から古本売買まで手広く本を扱う地本問屋だ。ひさしからつり下げた丸に南の紋の入った軒暖簾が砂まじりの風に舞っている。

「まいどお、梅鉢屋でございます！」

店は静まりかえっている。

ふだんなら、本好きの旦那や役者絵の新作を心待ちにしている女たちが、店前の揚縁に腰をおろし、切れ目ないにぎわいをみせているのに。

店の目立つ場所にかざられた市川團十郎の錦絵が秋風に揺れている。睨《にら》みを利かせた顔を眺めながら、いま一度、せんは訪いを入れた。

奥行き半間ほどの土間には、当世の読本を平積みした平台があり、とくに人気の本は、斜めにしつらえた板に立てかけられている。

雑巾を手に奥間から顔をだしたのは、店の小僧だ。春に奉公に上がったばかりで、しょっちゅう手代たちに怒鳴られている。

「おや、店番はお前さんだけかい？　兄《あに》さんたちはどうしたの」

いつもなら、ふたりの手代が店の奥で新作本の化粧裁ちをしたり、針で綴じ糸を目打ちにそって通したりと、せわしなく立ち働いているはずだ。

「どこかへ……ご用ききに、いきました」

「そうかい。ちょいと見せてもらうよ」

平台のすみに置かれている稗史《はいし》を半分ほど眺めたころに、ようやく家人が姿をあらわした。南場屋喜一郎の女房、おさえである。

「あらあ、おせんちゃん、いらっしゃい」

店の暗さとはうらはらに、おさえのしっとりとした声は、店の隅々まで優しく涼やかに響きわたる。四十になったはずだが、肌も髪も艶がある。禿げ上がった喜一郎と並ぶと、娘といってもそん色ないたたずまいだ。

おさえは、天涯孤独のせんを母のように見守ってくれた女である。

せんの父平治は、せんが十二のときに大川へ飛びこみ死んでしまった。生前平治は腕の良い板木の彫師だった。版元である南場屋から仕事をまわしてもらっていた縁で、せんは幼いころからこの店の本の匂いを嗅いで育ったのである。

主人の喜一郎は、素人だったせんに商いを一から教えてくれた恩人だ。

鬢が禿げ、腹の出たさえない風采の喜一郎だが、つねに世の流行りに興じられるよう目を凝らし、大きな耳で江戸町民の声をさぐる。あらゆる草双紙や読本を開板し、上方《かみがた》や尾張、仙台などからも本を集め、客の注文に応えるべく、最善の知恵をはたらかせる。

喜一郎は、ここ数年大人しい商いを心がけているようだが、以前は店で扱う本が「不《ふ》埒之《らちの》至《いたり》」と奉行所から断じられ、重過料をおさめたことがある。

ずいぶんと丸くなった。融通のきかない商いにこだわりすぎると、本屋は続けられない。続けられなければ、客が本を読めなくなる。だから丸くなったようだが、喜一郎の場合は、腹まで達磨のように膨れてしまった。

（わかっちゃいるけど、もっと胸がわきあがるような本をつくってほしいもんだよ）

この店の書架には新しく開かれた本のほかにも、売り物にならぬボロボロの本が数多く収集されていた。

幼いころ、せんが好んで眺めていた本のひとつが、江戸の絵師が手本にしたという『八種画譜』だ。絵は描けずとも、絵手本を眺めているだけで、いっぱしの絵師になれた。

漢字が読み書きできるような年になると、『江戸砂子』が、せんを江戸の名所や寺社へ連れていってくれた。

この『江戸砂子』の板木というのは、いく度も売り買いされて別の版元に渡り、新たな角書《つのがき》をそえて開板されている。なのに南場屋にあったのは七十年ほど前の初版。いくらでも新しく美しい装丁のものがあるのに、なぜ傷んだ本を丁寧に積んでおくのか不思議だった。

――わしらは本とお客さんをつなぐお媒酌《なこうど》なのさ。この古書だって、いつか誰かがもらい受けてくれるかもしれない。なんてったって、見目も性根も善本なんておもしろくなかろう？

喜一郎のことばは、いまもせんが商いをする上での縁《よすが》となっている。

せんは平台の真ん中に置かれた一冊の本に目をとめた。

『絵本甲越軍記』

江戸書肆ではあまり見かけない絵本読本である。垢のついていない書葉をゆっくりめくり、奥付に目を通していると、素早くおさえに取りあげられてしまった。

「おせんちゃんは立ち読みで話の筋覚えて、そっくり写本こさえちまうからねえ。隙がないったら」

「でも今日の南場屋さんは隙だらけだ。いったいなにがあったんだい？」

おさえはゆっくりと帳場の横に座り、せんを手招きした。せんも床上に腰を下ろす。耳を寄せると、おさえは白い手を口元にあてながら囁いた。

「版板がなくなっちまったんだよ。しかもね、馬琴先生の新作さ」

「馬琴だって？」

表通りで掃き掃除をしていた小僧が、首を伸ばしてこちらの様子をうかがった。

シイ、とおさえは唇に指をあてる。せんも口を押えながら、驚きをごくりと飲みこんだ。

曲亭馬琴は、言わずと知れた江戸一の戯作者である。

馬琴の読本が、市井で人気を博するようになったのは十年ほど前からで、その頃せんは長屋の子らの子守をしながら、仕立ての内職をして生活《たつき》をたてていた。その日その日をなんとか食いつないでいたせんの唯一の楽しみが、南場屋で本を読むことだった。

店の前を通ると、必ず喜一郎が手招きし、店の奥の作業場でこっそりと上田秋成の『雨月物語《うげつものがたり》』や山東京伝の『御存商売物《ごぞんじのしょうばいもの》』などを読ませてくれたのだ。

馬琴は元飯田町《もといいだまち》界隈では、かなりの偏屈者として名高い。

「あたいもひと目と、あの辺りをぶらついたことがあるけど、それらしいお方はいなかった」

「人付き合いを嫌がるけったいなお人だそうよ。うちの人がご挨拶《あいさつ》にうかがったときは、庭先でおかしな動きをして体を揺らしていたらしいの。まるで曲芸のお猿さんみたいだったって」

顔の赤い猿が、背筋をのばして文机にむかう姿を思い描いて、ふたりで手をたたいて笑った。ちょうど店先をのぞきこんだ御家人が、女たちの笑い声にたじろぎ退散してしまったので、おさえは慌てて袖口で顔を覆った。

じつは、今日せんが南場屋を訪ねたのは、馬琴の『椿説弓張月・続篇』を、もう一冊仕入れるためだった。すでに手にあるものは、いく人もの客が番待ちをしている。挿絵を手掛けた葛飾北斎は江戸屈指の絵師だから、写本というのもおもしろくない。

その人気戯作者、馬琴の新作とは聞き捨てならない。貸本屋にとっては吉報だが、そこにきて新作の板木がなくなったなど、あってはならない大事ではないか。

おさえが奥座敷の唐紙《からかみ》を開けると、喜一郎と番頭の寛助《かんすけ》が、長火鉢をはさみ神妙な顔を突きあわせている。

喜一郎はせんを見あげ、苦虫をかみつぶすような顔をした。

「おまえさん、どうでしょうねえ。板木の一件、おせんちゃんに助けてもらうわけにはいきませんか」

「おせんに？」

「だって、梅鉢屋は江戸中の書肆に顔を出せる貸本屋ですよ。伊勢屋《いせや》さんの様子を見にいってもらうことができるじゃありませんか」

そりゃあいいと、寛助が手を打った。

「旦那さま、ここはおせんに力をかしてもらいやしょう。これ以上わたしらが動けば、ほかの店に怪しまれてしまいます。なんとしても早いうちに手を打たねばなりません」

南場屋にふりかかったやっかい事は、決して、外に知られてはならないことだ。喜一郎はしばらく目をとじ熟慮したが、やがて「おせん」と手招きした。恩義ある南場屋の大事となれば、手を貸さぬわけにはいかない。

「おまえさんは家族同然。だから白状するとね……うちで開く予定だった馬琴先生の新作板木が何者かに盗まれちまった。ありゃあ命よりも大切なものだ」

地本問屋にとって板木とは、板を開く身の証も同然だ。

店の主は貴重な板木をおさめた箱に紐をつけ、腕に括りつけて眠るとまで噂されている。以前通油町でボヤ騒ぎがあったとき、どの地本問屋も女房子供をほっぽりだして、板木を抱え表に飛び出したらしい。

「もし板を無くしたなどと世間さまに知られたら、南場屋六根堂はおしまいだ。馬琴先生にも合わせる顔がない。一年以上足を運んで口説き落として書いてもらった新作を、みすみす失うなど。武士ならば切腹ものだよ」

「盗人《ぬすっと》の見当はついているのかい？」

懐紙で額の汗を拭いながら、喜一郎はいかめしい顔で告げた。

「……伊勢屋かもしれん」

「今回の新作、伊勢屋さんと相板《あいはん》させてもらっているんだよ」

寛助が左右の手のひらを握りあわせてみせた。

「相板」とは、一つの本を開くにあたり、他の本屋と本銭《もとで》（資本金）を折半すること。その際、抜け駆けして製本しないよう、板木をそれぞれ分けて手元に置くのが習わしだ。板自体が「板株《いたかぶ》」となり、版権を所有する「蔵板《ぞうはん》」の状態になる。

さきほど店先で手に取った『絵本甲越軍記』も相合本《あいあいぼん》で、奥付には大坂・京のあわせて十一もの書肆が名を連ねていた。

二軒以上で持ち合った場合は、本銭に応じて持つ板の分量が決められる。摺りの作業に入る時に、南場屋が「摺りを待ってくれ」などと申し出たら、板を売ったのかと勘繰られてしまう。

板木は権利でありながらも、しきりに売り買いされるものだ。店が立ち行かなくなり、板木を本屋仲間や好事家《こうずか》に売りはらうこともある。

もし伊勢屋が板木を盗んでいたとしても、「うちはよそから回ってきた板を買い戻しただけ」などと開きなおられたら、口の出しようがない。

新作の板は、前半部分を伊勢屋が、後半部分を南場屋が持っていたという。

「そりゃあねえ、相板までした商売仲間を疑いたくはないよ。だけど、あすこの主人は泉州の出でさ。なにかと上方のほうが品良しとか、江戸の水は泥臭いなどといいやがる、気にくわない男なんだよ」

喜一郎と寛助は、伊勢屋が馬琴の新作を独りじめするために、板を盗んだと考えているようだ。

喜一郎は煙管《きせる》に草を詰めようとしたが、力を入れすぎて草があふれた。

「どうしてそんなに仲の悪い店と相板なんかしたんだい」

相板は、手を組む相手によほどの信用がないとできない商いだ。喜一郎は不貞腐《ふてくさ》れたまま、顔を障子窓の向こうにむけた。

視線の先には、江戸で最も名の知られた大店《おおだな》がある。

「にくにくしい蔦屋《つたや》耕書堂《こうしょどう》。あそこに打ち勝つには金が必要だ」

地本の草分け的な老舗問屋で、いま江戸の本屋といえば「蔦屋か永寿堂」と称されるほどの大店だ。

創業主である蔦屋重三郎《じゅうざぶろう》は、吉原細見《よしわらさいけん》の振り売りから身代《しんだい》をたてた苦労人で、狂歌本や往来物の版板を多く持つ耕書堂を、江戸一の地本問屋に成長させた。いまは亡き初代蔦重《つたじゅう》の名は歌舞伎や浄瑠璃にも登場するほどだ。

絶板や板木削り落としなど悪行がおこなわれてもなお、この江戸で多くの者が本を楽しめるのは、常に世の声に耳をかたむけ、御公儀《おかみ》とうまく渡り合ってきた蔦重の功が大きい。

「あの蔦屋と渡り合うには、無念ではあるが手前《てめえ》だけじゃあ太刀打ちできん。おせん、お前さんもいつか本屋を営みたいなら覚えておきな。ひとつの板を開くには、算盤《そろばん》がいくつあっても足らねえくらいの銭勘定が必要なのさ」

問屋仲間の吟味料から町役人への謝礼金、人気戯作者ともなれば看板紙だって他より多く必要になる。しかも馬琴は『椿説弓張月』よりこっち筆耕料が高くなった。

「開板のための本銭を用立てることができ、しかも蔦重に喧嘩を売ってやろうなどという阿呆は、うちをのぞけば田舎者の伊勢屋くらいのものだったのだ」

背に腹は代えられぬというわけである。

だが、蔦屋に喧嘩を仕掛けようと勇んだくせに、自ら出鼻を折ってしまった。

手代たちは、板木が質や板市に売られていないかと、ひそかに探し回っているらしい。

「御番所（奉行所）に申し出たのかい？」

「そんなことできるもんかい。それこそ南場屋《うち》の恥を世間に触れまわるようなものではないか。たのむ、おせんよ。ちょいと伊勢屋に探りをいれてくれぬか」

喜一郎は灰吹きに煙管をこんと叩きつけたが、すぐまた草を詰めはじめた。がぼがぼと咳《せき》をして、慌てて茶をすする。おさえが、せんに向かって小さくうなずいた。

「わかったよ」

「おう、さすが梅鉢屋だ」

「その代わり、馬琴の新作はどの貸本屋よりも先に、おあしとしていただくよ」

せんがにやと口の端をあげると、喜一郎はがっくり肩をおとしてうなずいた。

二

朝夕よりも粘りのある柔らかい音は、石町《こくちょう》の九ツ（正午）の鐘である。目の前にあらわれた呉服屋の黒い櫛窓から、白猫が顔を出し通りを見おろしていた。

めざす通旅籠町《とおりはたごちょう》は南場屋から二町ほどしか離れていないのに、伊勢屋に続く道は向かい風が強く、草履を深く地に踏みこまなければ前に進めないほど砂風が巻きあがっていた。

伊勢屋主人の徳一《とくいち》は、貸本書棚を背負ったせんを見るなり、手をたたきながら表まで駆けだしてきた。

本屋にとって貸本屋は一番の得意客だ。江戸に八百以上あるといわれる貸本屋が何冊買ってくれるかで、新作の部数がきまるほどである。

徳一は達磨《だるま》のようないかつい顔に、ぽんと筆先をのせたような本田頭《ほんだあたま》で、「通人」を気どっているように見える。

ここに来る前に、おさえから伊勢屋徳一の人となりは耳に入れてきた。

泉州の出だといいながら、実は江戸品川の生まれで、すでに細君とは死に別れて趣味の俳諧に執心しているそうだ。地本問屋仲間の寄合よりも、泉州の岸和田藩との運座の例会にばかり顔を出すので、大名家にへつらう提灯持ちだと陰口をたたかれている。

せんが名乗ると、とたんに徳一は目を瞠《みは》った。せんの足元から広い額までじろじろ検《あらた》め、

「なんとあんたさんが福井町の女貸本屋さんですか。まあ、女だてらに高荷なんぞ背負って。もう赤子をおぶる齢やろうに」

うさんくさい上方言葉で、唇の脇に泡をつけながらまくしたてる。

「なんぞ探し物でも?」

「ここんところ役者絵をもとめるお得意さんが多いんですよ。伊勢屋さんは錦絵がすばらしいと、商売仲間からききました」

せんは、軒下に吊るされた錦絵を見やる。主人は野暮だが、売り物はどれも品がよく、とくに摺立は鮮やかで目を引いた。

「うちは大店にも負けん摺師を抱えてますよって。なんといっても、絵の見せ所は摺りにある。これだけはあの蔦屋はんにも負けしまへん」

伊勢屋の客の多くは役者絵めあてだ。先ごろまで、中村座が櫓をあげてにぎわっていたこともあるだろう。

店には江戸土産の団扇《うちわ》や絵巻物が所狭しとならび、読物はもうしわけなげに平台の隅に積まれている。伊勢屋と南場屋は店構えこそ似かよっているが、扱う品が違うため潰しあうことなく商いをしているようだった。

南場屋は昔から多くの彫師を抱えている。伊勢屋は美しく絵を仕上げる摺師を抱えている。

双方に足りないものを補うことで、妙々たる馬琴新作をしあげようということだろう。

平台には徳一の趣味である俳諧の句集がおかれていた。壁に目をやると流麗な筆の書が掲げられている。

――眼の限り臥しゆく風の　薄かな

「これは蕪村ですか？」

「あんさん、女だてらによお学んではるわ。こりゃあ、蕪村の弟子、大魯《たいろ》の句や」

いやあ、梅せん、あんた気に入ったわと、機嫌をよくした徳一は、売れ筋の錦絵を手代に持ってこさせると、上がり口にずらりと並べた。ついついせんも絵に見いっていたが、はたと我にかえった。

「そういえば伊勢屋さん、ちかいうちに、あの先生の新作が売り出されるそうですね」

「はてはて、なんのことでっしゃろう」

徳一の表情がわずかに引きつる。

「元飯田の大先生ですよ。こういうおもしろい話は、あちこち歩きまわっているうちに、ふっと耳に入ってくるもんです」

「……ふん。南場屋か。口の軽いたぬきだ」

おかしな訛りがきえた徳一は、平台の埃を落としている小僧にむかって、「お客さまがおかえりやで」と手を叩いた。

「いつ頃の売り出しになりますか。やはり新春……いや、売れるとわかれば暮れでも損はない」

「そりゃ、よういわんわ。時機っちゅうのもあるからなあ。めでたく千部振舞《ぶるまい》になったら、天神さまに御礼申し上げたあとで、店のもんと鰻《うなぎ》でお祝いや。そんときは梅せんにも声かけまひょ」

のらりくらりとはぐらかす徳一の顔は、やましいことがあるというより、隠し持っているお宝を誰かに見せたくてしかたない、といった風情である。

南場屋に戻って仕切りなおすか。そう思っていた矢先、店先が騒がしくなり、表にいた手代が駆け寄ってきて、徳一に耳打ちした。

「またかい。うっとうしい」

間口の脇に目つきの悪い男が懐手《ふところで》のまま立っていた。

(岡っ引きか)

奉行所の町廻り同心の手先となり、町方を探索する役目をおっている町人だが、一皮むけば柄の悪いやくざ者と変わらない。

その男の顔には、耳たぶからあごまでつらぬく大きな傷がある。穏やかならぬ目つきで、道ゆく者たちを悪人だと決めつけるように目で追っていた。奉行所の狗には、こんな目をした男が多い。

「厄介ごとですか？」

この伊勢屋でも板が盗まれたのか。それとも遊興の体《てい》を書いたものを扱い、御公儀から目をつけられたのか。徳一は慌てる風もなく首を振った。

「甚左《じんざ》ちゅう四谷の岡っ引きで、わざわざうちに引合《ひきあい》をつけにきたんや。すこし前に麴町《こうじまち》でけちな掏《す》りが捕まったらしくてなあ。そいつがうちの店にも立ち寄ったんやと」

前に渡した金が足りず、またせびりに来たらしい。

「そりゃあ、災難」

盗人や罪人が捕まると、その罪人がどこに顔を出し、なにをしていたのか番所は細かく問いただす。不運にも名を出されたお店《たな》の主は、取り調べの裏どりのために町奉行所まで出向かなければならない。なんとも迷惑なはなしだ。

そこで店側は、岡っ引きの親分にいくらか包み、「抜いてください」と頼むのだ。すると親分は、上役である定廻り同心が取り調べをする際に、その店の名を省いて伝える。

その「引合」で得られる金銭が、岡っ引きや下っ引きの生活のたしとなっていた。連中はけちな盗人や掏りをむやみやたらと捕まえて、名の上がったお店をまわり、引合をつけて金をせびる。

徳一は銭を紙に包み、甚左に駆けよった。

「いやあ甚左親分、こんな遠いとこまで足を運びはってぇ。えろう精が出ますなあ」

ひと言ふた言ことばを交したあと、店先から甚左が遠ざかるのを見送った徳一は、暖簾をくぐるなり、悪しざまに罵《ののし》りはじめた。

せんは役者絵を一枚手に取って、「これ、いただきます」と、徳一に差し出しながら、小声で訊ねた。

「馬琴の新作ってのはどのようなものですか？　ここだけの話にしときますから、ちょいと教えちゃあくれませんか」

徳一はせんの顔をじっと見つめていたが、ここは女の軽い口で、あちこちに噂を広めてくれた方が宣伝になると、目算をたてたようだ。

「あちこちで、伊勢屋徳一がどえらい本を開くなんて言いふらすんじゃあないよ」

「もちろん」

徳一は、もったいぶって咳をひとつ。

「二年前の永代橋《えいたいばし》崩落の真相や。あの千四百もの見物人が死んでもうた、大事故の裏側いうんかね。先生渾身の作になっているわ」

「そりゃあ……」

とんでもない新作だ。せんは唾をごくりと飲み込んだ。

三

二年前の八月十九日。深川の富岡八幡宮で深川祭が行われた。十二年ぶりの祭りであり、この日を待ちわびていた多くの参拝客が江戸市中から殺到し、大川にかかる永代橋へ押しよせた。

永代橋といえば、その橋上に立てば「西に富士　北に筑波　南に箱根　東に安房《あわ》上総《かずさ》」と称されるほどの見晴らしだが、架橋から百年以上経過した橋桁《はしげた》は腐食が進んでいた。

見物人の重みに耐えかねた橋は、深川側七間ほどの場所から崩れはじめた。あとから押し寄せる人々は、足元が無くなっていることなど知るよしもなく、なにぐずぐずしてやがると怒声が飛び交うなか、押された人々はまるで人形のように、なすすべなく落ちていったのである。

折悪しく、数日まえから大雨が続いていた。泥の多くなった大川に人が埋まり、その上に人が落ちていく。

死者行方不明者の数は千四百を超え、稀にみる惨事となってしまった。

「あのときはひどかったねえ。海風にのって死んだ人らの臭いがたちこめてさ、うちみたいな食い物屋は商売あがったりだった」

大筒屋のおかみ、みすずは、せんが腰かける床几《しょうぎ》に白湯を置くと、深く息をはいた。

伊勢屋に探りを入れたものの、ひとつとして手掛かりをつかめず三日が過ぎた。ただ、ありがたいことに仕事は尽きず、今日も朝から楓川《かえでがわ》に沿って得意先の家々をまわっている。この辺りは職人町で、貸本を待つ客が多い。三つの長屋を巡って、女たちの愚痴につきあい、ようやく解放されてから京橋の方へと足をむけた。

常盤町は日本橋からほど近く、石町の時鐘が鳴ってから、まわりの寺が呼応して鐘をつき終わるころにはたどりつく。西に江城《こうじょう》をあおぐ路地裏に店を構える大筒屋は、表向きこそ小料理屋だが、その実、日本橋の旦那衆が足しげく通うあいまい屋だ。

行灯《あんどん》に灯がともるにはまだ早い。ふたりの女中が、気だるげに店のしたくをしていた。素人娘を見る女たちの目は厳しく、居心地は良くない。

それでもせんがここに足を運ぶのは、大筒屋の亭主が収集している大量の蔵書を書き写させてもらっているからだ。大筒屋の裏の土蔵には、稀覯本《きこうぼん》から奇書、禁書の類まで揃っており、いまや本屋以上にせんになくてはならない場所となっていた。

普段は険のある口ぶりのみすずだが、今日はせんが持ってきた「土産」のおかげで機嫌がいい。

滝野川村の名物、滝野川牛蒡《ごぼう》だ。

昨夜、幼馴染みの登が太すぎる牛蒡を担いで千太郎長屋にやってきた。病気の父の面倒をみながら青物の振り売りをしている腐れ縁だ。

「こんなぶっとい牛蒡、どうやって料理すればいいいんだよ」

せんが文句をいうと、登は白い歯をみせ、

「しかたねえなあ。俺が醬油で煮てやるよ。一刻（約二時間）くれえかかるかなあ。おめえ、先に寝ていていいぞ」

などと、下心丸出しの顔をするので、ケツをたたいて追い出した。

登は厄介な男だが、牛蒡に罪はない。余ったものを本といっしょに背負い、手土産に持ってきたのだ。

みすずは、まだ客のいない小あがりに浅く腰かけ、夕日に赤く染まる大川の方角に目をむけた。

「私の姉も永代橋で死んじまったんだけどね。墓にはなんも入っていないんだよ」

「見つからなかったの？」

先に落ちた者は、崩れてくる橋板に顔を潰された。ちょうど大川を行き来していた猪《ちょ》牙船《きぶね》に、生きながらえた者がわっと群がり転覆していく。河岸に流れ着いた子は、ちぎれた母親の腕を抱えて泣きわめく。どの亡骸《なきがら》も、どこのだれなのか判別ができないほど人相が変わっていたそうだ。

近くの寺には泥まみれの亡骸がならび、刺青や傷あとをたよりに薦《こも》をめくる人が列をなした。

橋を渡らず引き返していておくれ——。

どれほどの人が、そう願っただろう。せんが暮らす福井町でも幾人か犠牲者がでた。

「二年経ってもずうっと宙ぶらりんのまま。手を合わせてやりたいけど、まだどこかで生きていて、ひょっこり顔を出すんじゃないかって思っちまう。いけないねえ。葬式すらあげてやれないようじゃあ、姉さんは成仏できやしないのに」

「あれは橋が古くなっていただけじゃないんだよねえ」

と、女中のひとりが口をひらいた。

「一橋のお姫さまだかがお参りのために橋の下を船で渡るからって、いっとき人の流れをせき止めたんだ。だから、そのあといっきに参拝客がおしよせちまって……」

もうひとりの年上の女中が「だめだよ、おみっちゃん」と鋭い声をあげた。

「そんなこと口にしたら……」

そろって表通りに目を向ける。そして「くわばらくわばら」と肩をすくめた。

惨事の起こりはいくつもあったが、まかり間違っても大名家のせいだなど口にしてはいけないことだ。あれは予期できない凶事だった。そう奉行所が定めたならばそうなのだ。

「それにしても、いわくつきの永代橋の崩落を読物にしようだなんて。さすが馬琴だ」

水難に関わる読物は、巷説《こうせつ》の類《たぐい》や猥褻《わいせつ》な類と同じく厳重に吟味される。

「本の中では橋の名を変えているそうだよ。話の筋も、御旗本のお姫さまを助けようとする漁民たちの働きぶりとか、孝行息子が両親を捜し歩くって、孟孔仁義を説くものになるらしい」

「御公儀にごま擂《す》らないと本も出せないなんて、窮屈な世だよ」

みすずは台所へむかいながら、ちらと二階へ続く箱階段に目をやった。

大筒屋の上階では、みすずの亭主藤吉郎が臥せている。号を燕ノ舎と称し、艶絵を得意とする絵師だったが、禁書の挿絵を手がけ、長らく江戸から姿を消していた。そのあいだに躰は病に侵され、いまではめったに絵筆を手にしない。

せんは白湯《さゆ》を口にはこんだ。ぬるいとろりとした湯は、酒のようにせんの口を軽くする。

「惚れたはれたも、閨《ねや》のうわついた世迷言《よまいごと》も、この町になくちゃなんないものなのにさ。なんで色事の理屈を本にするとけしからんものになるんだろうね」

「そりゃあ、卑猥だからさ。それがないとうちの商売もあがったりなんだけどねえ」

小皿を手に戻ってきたみすずは、せんの脇に蕪《かぶ》の漬物を置いた。おかみの漬物で白飯三杯はいける。女を売らなくても、料理だけで充分やっていけそうなほど、おかみの作る総菜はうまいのだ。

「漬物番付が出たら、大筒屋《ここ》の蕪漬けは大関だ」

「そういやあ『牛蒡百珍』って本があるんだって？　さっきもらった牛蒡さ、ちょいと太すぎて片しにくそうなんだよ」

「万宝料理秘密箱の百珍ものならちょうど持ってきてるよ」

貸本屋は客の好みに合った本を持ちあるく。

梅鉢屋の客が好んで借りるのは、軍記や滑稽本《中本》が多い。それ以外にも、『いろは字引』『百人一首』『塵劫記』などの実用書、『さらへ考』や『千代の寿』といった歌を集めた書物、往来物や稗史物などを多くとりそろえ、よしんば、ワ本や絶板の写本などを扱うときは細心の注意をはらう。

この世に出まわっている本を、ただけしからんという理屈だけで消しさってはいけないと、せんは思っている。

本は一場のたわむれだ。ありもしないことを、さも当たり前のごとく書き記した本や絵巻は、人の目にふれなければ無いに等しい。だったら無くてもいいと御公儀は断ずるのだろうが、ささやかなたわぶれ心によって、町の民びとは生きる希《のぞ》みを得ることもあるのだ。

馬琴の新作ならばなおさら——。なんとしても南場屋から盗まれてしまった板木を取り戻したい。

（伊勢屋が空ぶりとなると、あとはどこをあたればいいんだろう）

板木の存在を知る者はほとんどいないはずだ。

目をつむり、鳥のように江戸の町を空からながめる。

永代橋、霊岸島《れいがんじま》、銀座、伝馬町《てんまちょう》、通油町、浅草御門、福井町……どこかに手がかりはないか。

ふとおんぼろ長屋が目にとびこんできた。せんの暮らす千太郎長屋だ。

幼いころ手習いから帰れば、いつも父の平治が、小さな肩を揺らしながら板を彫っていた。彫師は誰よりも最初に板下絵を手にする。だから、せんは平治が新しい仕事に取りかかるのを、いつも心待ちにしていたのだ。

（板の中身を絶対に知っている人がいるじゃないか！）

漬物を口に放りこむと、せんは高荷を背負って店を飛び出した。

御堀ぞいに道を拾う。市谷御門から先に足をむけるのは稀だ。山の手あたりはせんの領分ではない。いずれの寺にか投宿しているらしい修行僧が、旅装束のまま門前町で品玉の芸を披露していた。縮緬柄《ちりめんがら》の玉を朝月夜《あさづくよ》にかさなるよう、薄い空へ小気味よくとばしている。風が強いのに器用なものだと感心しながら、きのう南場屋で聞き留めてきた長屋をさがす。

しばらく行くと、町屋の裏店から昼餉用の味噌を煮込む香りが漂ってきた。一刻ちかく歩き続けて腹が鳴る。そろそろ田楽でも食べたい時分だ。一緒に鯉《こい》のあら汁と下り酒があれば申し分ない。

四谷麴町の彫師六左衛門《ろくざえもん》。板木屋としてはまだ駆け出しだが、若くて血気盛り。仕事が早いと評判だ。

せっかちな南場屋喜一郎がよく使う彫師で、馬琴の新作も六左衛門の仕事だときいた。

板塀代わりに植えられた躑躅《つつじ》の枝が剪定されず乱雑に伸びている。夜のうちに葉を覆っていた霜が秋の日に溶け、薄暗い長屋をすこしだけ明るくしていた。

井戸端で寒そうに洗濯をしている女房に六左衛門の家をたずねると、芥溜《ごみため》にほど近い、抜け裏脇の家を指さされた。

腰高障子の前で声をかける。六左衛門は出てこない。しばらく足元で渦を巻く小さな枯葉を目で追う。

しばらくして、総髪に無精ひげの大男が、ぬっと顔を出した。

「福井町で貸本をしているせんと申します」

　六左衛門の着物から甘い香りがした。嗅いだ覚えがある。

　黄楊《つげ》の木だ。

「細かい彫りの最中でしたか」

「匂いでわかるのかい。けったいな女だ」

「あたいのおとっつぁんも板木屋だったから」

「貸本がなんの用だい。おれにゃあ本なんぞ必要ねえが」

「南場屋さんの用向きでまいりました。とある新作のことで」

　六左衛門は顔色を変えることなく、部屋に戻ってしまった。慌てて追いかけると、つんと木くずの匂いがして、鼻の奥がむずがゆくなった。

　部屋は二間続きで、奥が仕事場になっているらしい。六左衛門は作業台にむかって小刀を動かしはじめた。

　せんは貸本の高荷を土間におろし、首を伸ばした。

　とりかかっているのは竪大判の錦絵で、扇を掲げた立役の歌舞伎役者が見得を切っている。

「それはどこの仕事で？」

「蔦屋耕書堂よ。板下絵は歌川豊国《うたがわとよくに》さあ。そうじゃなきゃあ、黄楊の板なんぞ使うもんかい」

役者は中村歌右衛門。演目は『翻錦鶴翼袖《ひるがえすにしきのたもと》』の平清盛である。

「あたいも一度だけ見たよ。木戸銭がありゃあ、毎日でも小屋に足を運んだのに」

三代目中村歌右衛門は大坂の役者だが、つい先月まで江戸で舞台を踏んでいた。江戸っ子はまだ興業の余韻に浸っており、こんな時に売れるのが、役者絵だ。

「おれは三度だ。着物の柄、汗の流れ、目玉の動きはすべてこの目に焼きつけた。ありゃあ、天下の立役者だ。歌右衛門の役者絵を彫ることができるのは、この江戸じゃあ……おれくらいのもんだろうな」

カッ、カッと板を削る音が部屋に風をおこし、小さな埃があたりに舞う。

明かり取りの窓木枠から、細い麻縄でくくられた、鶴のように首の細いビイドロの徳利がぶら下がっているのが見えた。中に水が入っていて、ちょうど六左衛門の鼻の先でぴたりと止まっている。

窓から差しこむ薄い秋の日は、薄黄色のビイドロの太いところで乱れて強くなり、黄楊の板を明るくする。夜なら蠟燭の前にビイドロを置いて、手元をさらに明るくするのだろう。

膝をついて四つんばいでのぞいていると、「気がちらあ」と舌打ちされた。

「ここで馬琴の新作も彫ったのですね」

「なに？」

「どうぞ親方かぎりにしてくださいな。南場屋の板木が、なに者かに盗まれてしまいました。ちょっとした縁であたいがあちこち探っているけど、さっぱりらちが明かなくて」

六左衛門の右肩が、隆起したまま止まった。巨体から湯気が立ち上り、ビイドロにまとわりながら消えていく。

「くそったれ！　どれだけ苦心して彫っていると思っていやがんでえ！」

六十日酒断ちして仕上げた仕事だと文句をいいながら、六左衛門は振り返った。

厳重に仕舞われていた板木が盗まれたのは、新作が出ることを聞きつけた輩《やから》の仕業にちがいない――。せんは、喜一郎の考えを六左衛門につたえた。

「まさかおれが疑われているのかい」

せんは首を振った。

「もし親方が出しぬいて本を摺ったとしても売りようがない。本を売るのは本屋にしかできない仕事ですからね」

「あたりめえだ。おれは彫るだけさ。わかっちゃあいるとは思うが、下絵をちょろまかしてもいいねえ」

絵師が描いた板下絵は、板木にぺたと貼りつけて一緒に彫っていくから、彫師の元ですべて失われてしまうのだ。

「ほかにこの仕事を知っているものはおりませんか」

「さあ、いねえんじゃねえかな」

南場屋と伊勢屋は、新作にかなり神経をとがらせていて、ここに足を運んだのも一度っきりだった。他言無用としつこいほど念を押していったという。

六左衛門はひとり身で、弟子もいない。

たいていの板木屋は弟子をおき、挿絵や錦絵のもっとも難しい顔の部分を親方が彫り、弟子が文字や着物など大柄の場所を担う。なかには六左衛門のようにひとりですべてを彫る職人もいて、そういう彫師は、たいてい頑固だ。

「あ、まてよ」

六左衛門が顎の無精ひげをぬきながら天井を見あげた。

「本屋たちが来たとき、表通りの古着屋で盗みがあってよお。うちの長屋に盗人が逃げこみやがって、大捕り物があったんだよ」

「ここに盗人が入ったんですか？」

「いや。来たのは岡っ引きの親分さ。どっかに仲間がひそんじゃいねえかって、ここいらの部屋をしらみつぶしに検めていった」

南場屋と伊勢屋は、捕り物騒動などそっちのけで、彫りあがった板を夢中でながめていた。気前よくなった南場屋が、近いうちにみなで一献《いっこん》やろうと笑っていたという。

「親父たちは本が売れたら永代橋を渡って、八幡さまにお礼参りにいこうなんて浮かれやがってよ。商売人ってのはつくづく薄っぺらいねえ」

「親分の名はわかりますか」

「たしか、甚左っていう若けえやつだよ。捕り物のとき右の頰をざっと斬られてたな」

定廻り同心から手札をもらう岡っ引きは、命じられれば江戸の隅々まで駆けまわる。ただ、実際のところ不案内の町まで足をのばすことはまれだ。

頰に真新しい傷がある男に、せんは覚えがあった。

四

屋台の引き上げた大通りから、酒に酔った男の笑い声が聞こえてきた。女の嬌声も交じっているから、どこかの茶屋にでもしけこむのだろう。

伊勢屋の座敷の畳目にそって這う影は、近くに立つ火《ひ》の見櫓《みやぐら》の形を成して、すこしずつ移動していた。

居並ぶ小さな町屋の裏手に、伊勢屋の母屋が続いている。陽が落ちてからせんが通されたのは、九畳の店と町屋の間に伸びる路地奥の土間玄関だった。そこから入れば左に台所、その向かいに裏庭に面した長い縁が続き四つの座敷がある。手前の二部屋は商談用と仏間のようで、しっかりと戸が閉められていた。奥は主人の徳一が使う次の間と、床の間を備えた十畳の大きな座敷になっている。

夕刻から広がりだした雲はきれぎれになり、雲間からのぞく月は白い影を飛び石に落とし、まだらにする。わずかにひらいた障子戸のすき間から夜気がながれこむ。冷え切った奥座敷の四隅から、ちぎれちぎれになった闇が迫るようで、せんは気合を入れるため頰をぴしゃりとたたいた。

数日前、伊勢屋に岡っ引きの甚左が板木を盗みにくるかもしれないことを伝えた。最初は相手にもされなかったが、南場屋の板木がすでに盗まれていることを告げると、徳一はたちまち顔を曇らせた。

「南場屋め、それで試し摺りを渋っていたのかい！　せっついても、しどろもどろでおかしいと思ってたんや」

そう息巻いた徳一だったが、せんを見ると浮かぬ顔で、近日中に法要があり、店を空けなければならないとうめいた。

この夏、伊勢屋が懇意にしている泉州岸和田藩の元藩主が亡くなった。卒哭忌《そつこくき》法要が縁のある寺で執り行われることになり、どうしても顔を出しておきたい。家族はもちろん奉公人も勝手の手伝いで店を留守にする。店が手薄になると甚左に知られたら——。

とっさに、せんは口を開いていた。

「ならば、あたいが留守をします」

「アホなことを。おなごなんかに店を任せられるかい」

「顔なじみの男に腕の立つのがいます。そいつに手をかしてもらいますので、あたいに番をさせてもらえませんか。それに、もし甚左がお役目で馬琴先生を狙っているのなら、伊勢屋さんは深くかかわらないほうがいいでしょう?」

表むきは別の趣向にごまかしているとはいえ、永代橋の崩落を題材にするなど、御公儀にとっては頭の痛い種である。版元と戯作者をつるし上げるために、甚左が探りを入れているのかもしれない。岸和田藩に迷惑をかけてもよいのかと、せんは問いかけた。

徳一は少し考えこんでいたが、

「……たしかに、板木があるのに人がおらんのも不用心か」と、渋々せんに留守を託したのである。

酔漢の声が消え、表通りが静かになった。行灯を灯すと、魚油の匂いがたちこめる。せんは誰もいないとわかっていながら辺りを見渡し、机の脇においた木箱の蓋をあけた。

一枚の板を取り、薬研《やげん》彫りで仕上げられた反転の文字を指でなぞる。桜の板はひっかかりがなく滑らかだ。

(これが馬琴の、まだこの世に出ていない新作!)

身震いしたら文字が板からこぼれてしまいそうで怖くなり、せんはしっかりと腕に力をいれて板を摑みなおした。

表題は『永しなえ橋　巷説紀聞』。

前半一帖《じょう》の出だしを探し、読みすすめる。

――上野で糸繰《いとくり》したる婆の手　糸で切れたる　婆仕合せよし　石川島の漁師どもに助けらるる――。

川におちたひとりの老婆を、漁師たちが引きあげる場面から物語は始まっている。

婆が船に引きあげられた直後、近くで溺れていたお武家のお姫さまも助けを求めてきた。漁師たちが船はいっぱいだと断ると、婆は姫さまを助けてやってくれ、婆が身代わりになると申し出た。

『つれあいもない老いた糸繰の婆でございます。このつまらぬ命で姫さまの父御母御が泣かずにすむなら、神仏の御加護を信じて魂の平安を期すものでございましょう』

老婆は涙を流し自ら船を飛び降りてしまった。そして漁師が助けようと伸ばした櫂《かい》を振り払う。爪がはがれた。お姫さまはたいそう悲しみ、婆を丁重に葬るようにと、漁民らに金五両を与えた。

北斎の挿絵も素晴らしい。渦巻く川に身を投げる婆はまるで菩薩《ぼさつ》のごとく描かれ、姫は船上で涙を落としている――。

思わず読みふけってしまった。せんは大きく息を吐く。

そのとき、カタンと微かな物音がした。

静まりかえった奥座敷に緊張が走る。せんは行灯をそのままに、箱を抱えて次の間に移動した。木箱を部屋の隅に置き、息を殺して襖《ふすま》のすき間から様子をうかがう。肌がざわめき、額からつうっと汗が流れ目に入った。

庭に面した縁の障子戸がするするひらく。

（——本当にきたのか！）

座敷に足を踏み入れた男は、ゆらぐ灯火にためらい立ち止まったが、人がいないことを確かめると、足音なく畳を滑っていった。

袋戸棚を開け舌打ちしたあと、文机の横に積まれた本や手文庫に目をつけ、荒らしていく。

甚左にちがいない。せんは唾を飲みこんだ。

そのわずかな気配を察したのか、甚左は敏捷に立ちあがると勢いよく襖を開けた。逃げ遅れたせんと目があう。

「てめえは……」

甚左の顔に戸惑いの色が浮かんだ。すでに伊勢屋の奉公人は調べをつけているのだろう。

「あたいは貸本屋さ。前に、あんたがこの店で引合をつけていたとき居あわせた」

灯りに照らされた甚左の頰に、真一文字の傷が浮かんだ。壁に甚左の影がゆらぐたびに、せんの心の臓が跳ねあがるが、奥歯をかみしめ踏みとどまった。

甚左は、どこかに家人が忍んでいないかうかがっている。同時に、せんも甚左が下っ引きひとりつけていないことに気がついた。

「あんた、お役目できたんじゃないね」

声が震えた。甚左が獲物をとらえたようにせんを睨みつけ、文机を蹴り飛ばした。硯《すずり》が跳ねて墨が障子に線をつける。せんに目をのこしたまま、あちこちをひっくり返し、はては掛け軸を引きはがして壁に手を添わせた。

「板木はどこにかくした」

「あんたは南場屋の板木も盗んだ。店の小僧を使ったことも調べがついているよ。親分に脅しをかけられて抗《あらが》える子なんぞいない」

南場屋の丁稚小僧は奉公に上がって一年に満たない。店の中で一番大事なものがなんなのか、わかるはずもないのだ。

お調べに必要だから、奥から板木を持ってきておくれ。なに南場屋さんにいうことはないよ。わしがちょちょいとお調べして、それでおしまいにすりゃあ、手間が省けるってもんさ——。

そこにいくらかの駄賃をつけられたら、小僧は「うん」といわざるを得なかっただろう。

南場屋でおどおどしていた小僧の顔を思い出す。板木がなくなったと大騒ぎになったとき、小僧は気が動転したにちがいない。

「きたない男だ。ひとさまのものを盗むだけじゃなくて、小さな子を騙すなんて」

「だまれ、おんな。悪党は南場屋と伊勢屋、そして当世の戯作者などと持てはやされている曲亭馬琴じゃねえか」

せんは後退《あとじさ》りした。甚左は大股でせんとの間合いを詰めてくる。

真っ暗な部屋に、甚左の輪郭だけがぼんやり浮かんでいた。その顔は、彫りかけの役者絵のようにゆがんでいる。

せんは呆然とその顔を見つめた。なぜ甚左は危険を冒してまで板木を狙うのか。

壁に背をあてたせんは、ちらと部屋の隅に置かれた木箱を見てしまった。その動きを甚左は見逃さず、「そこか」と横に移動すると、木箱の蓋をあけた。

中にはせんが戻した板木が納められている。甚左は荒々しくそれを手にとった。

「甚左親分、あんたは馬琴の新作のことを、六左衛門さんの家で知ったんだね」

「役目がら、耳は良くてね。本屋どもの会話で、永代橋の崩落が話の筋になっていることはすぐわかったよ」

甚左は草履を摺らせ、せんに詰めよってきた。逃げ場がないせんは甚左を見あげる。彫刻刀で命を吹き込まれたかのように、ぼやけていた甚左の顔が形を成していく。板を手にして獲物を捕らえた野獣は、せんを食わんばかりに逃げ道をふさいだ。

「その板、どうする気だい」

「燃やす。二度と人目に触れないようにな」

甚左の空いたほうの手が、せんの左肩を強く壁に押しつけた。漆喰《しっくい》の壁がきしみ、痺《しび》れるような痛みがせんを襲った。

せんが抵抗できないことを覚《さと》ったか、甚左はひとつ息を吐いて力を抜いた。

甚左は板木を睨みつけ、手当たり次第に中を検める。

「見つけたぞ！」

せんの衿《えり》をつかみながら灯りのある座敷に戻り、「おとなしくしていろ」と凄むと、板の中身を読み進める。歯ぎしりをして、散らばった板に拳を落とし、血走った眼をせんにむけた。

「俺がこの板に目をつけたのはな、本屋どもが糸繰婆の話をしていたからだ」

たしかにその話は板木の中にある。

「あれはな、俺のおっかあのことなのさ」

「……あんたの？」

「ああ、そうさ。おっかあは誰よりも信心深い女で、八幡さまのお参りを誰よりも楽しみにしていたよ。ひと月も前から道行きを用意して、あの日も紅さして出かけていった」

二年前、甚左は永代橋が落ちたと聞いてすぐ、北新堀へ駆けつけた。けが人を運びながら、母の名を叫んだ。夜になっても戻らない母を探し歩き、二日後に深川の小寺でようやく、異形の骸《むくろ》と対面した。着物の泥は乾いていたが、顔の傷口は膿《う》んでひどいありさまだった。

ふたりで暮らしていた四谷の仕舞屋《しもたや》に連れて帰った。逆さ水で母の躰を洗う湯灌《ゆかん》のとき、骨ばった肩や胸にできた大きな傷と痣《あざ》を目にして胸が詰まった。その痕から泥が染み出て盥《たらい》の湯が濁り、なかなか母の躰はきれいにならない。

どういうわけか、手の爪はすべてはがれていた。

ようやく穏やかな顔になった母を見下ろした時、甚左は我慢しきれず大声で泣いた。

三十五日忌が済んだあと、母が安置されていた寺の住職に、川から寺まで母を運んできた漁師の素性を尋ねた。

甚左は霊岸島の漁師を片っ端から訪ね歩き、脅しつけ口を割らせた。母の爪が、ほとんどはがれていることが引っかかっていたのだ。

あれは橋から落ちてできるような傷ではない。

「漁師どもは川に落ちた旗本の姫さんから金子《きんす》をちらつかされ、姫さんを船に乗せるために、さっさとおっかあを川に突き落としたのさ。船につかまろうとしたおっかあは、櫂で殴られ川に沈められちまった。それでもと食らいつくおっかあの手を、男たちが無理くりはがして、爪が落ちたんだとさ」

甚左は板木に暗い瞳を落とした。

仕方のないことだ。生き延びようとする者たちを責めることはできない。こうして自分の元に亡骸が帰ってきただけでもありがたい。母の信心のおかげなのだ——そう自分に言い聞かせ、弔《とむら》いを終えたという。

二年が過ぎたころ。四谷で置き引きがあり、見まわりをしていた甚左は盗人を麴町の裏長屋に追いこみ、辺りを家探しした。

彫師六左衛門の部屋を覗《のぞ》いたとき、「永代橋」「馬琴先生」という言葉が聞こえてきた。六左衛門に尋ねると、奥にいる男たちは版元の南場屋と伊勢屋だと教えられた。そして、漏れてくる笑いの奥に、「爪のはがれた糸繰婆の帖」と聞こえたとき、甚左は母の指先を思い出したのだ。

（おっかあのことではないのか？）

月日とともに悲しみは薄れたはずだった。でも心のどこかにわだかまりが残っていた。本に描かれた母の最期を、この目で見たい。

いく度も日本橋に足を運んで、南場屋と伊勢屋を見張った。伊勢屋は江戸土産を買い求める勤番侍の姿が多く、忍びこむ隙がない。

　南場屋のほうは客がまばらで、板木を手に入れやすいと思った。小僧を言いくるめて手に入れた板木は本の後半部分のみ。仕方なく、甚左は伊勢屋にも狙いを定めたのだった。

「なんてこと……どうしてほんとのことが分かったとき、御番所に申し出なかったの？　いくら御旗本でも、そんな道理にあわないこと許されないじゃないか！」

「糸繰婆の命なんかどうなってもいいというのが、この世の道理なんだ。お姫さんが無事に親元に帰れることが正しい道理だろ。そりゃあまちがっちゃあいない。俺だってなあ、八丁堀の旦那のもとでおあしをもらっているから、よくわかるさ。どっちを助けるかなんざ火を見るよりもあきらかだ。金でどうにかなると分かっているお姫さんだって悪くねえ。御番所に申し出たところで、調べなどする必要なしと言われることだってわかってる」

　甚左はあきらめたように細く息を吐いた。

「だがなあ、俺のおっかあは死んだ。死ななくてもいいのに、いくつもの悪い運が重なって死んだ。それをこんな風に勝手に美談にすげかえて、金儲けの道具にするなんぞ、俺は納得できねえんだ」

　行灯の灯心が大きく揺れ、甚左の顔がくっきりと見える。そこに浮かびあがるのは寂しさなのか怒りなのか、それとも戸惑いか。せんには読み取れない。ただ、男の心の様が行き場を失っていることだけはわかった。

「親分、板木の盗みの一件、あんたから御番所に申し出ておくれよ」

盗みの罪が許されることはないだろうが、ここに至った事情を白状すれば、奉行所は同情するはずだ。死の真相がすこしでも明らかになれば、母親の供養にもなるだろう。

しかし、甚左は懐から匕首を取り出すと、唸り声をあげて飛びかかってきた。

せんは脇床に体を寄せ、手に触れた投げ入れの花器を投げつけた。それをかわした甚左が襲ってくる。

と、大きな鈍い音がした。同時にばらっとなにかが飛び散り、白目をむいた甚左が、ゆっくり倒れていった。あたりに黒い土が散らばっている。

「おせん、おめえの地図絵は下手くそすぎてわかんねえんだよ！」

たすき掛けをした登が、汗だくで叫んでいる。

「遅いよ、登！　うっかり死ぬところだったじゃないか！」

登のふりあげた太い牛蒡は、みごとに甚左の後頭部に命中した。真っ二つに折れた牛蒡の先っぽがごろんと転がっている。

せんは伊勢屋に来る前、南場屋の店先で掃除をしていた小僧をつかまえて、諏訪町《すわちよう》宗衛門長屋の登への文を託していた。

店番をしているが、不届き者が大事な板木を盗みに来るかもしれない。もしもの時のため、店の近くに潜んでいてほしい、と。

せんは足元の牛蒡の先っぽを拾いあげた。

「なんで牛蒡なのさ。こういう時には木刀の一本でも持っておいでよ」

「木刀なんかでぶっ叩いたら死んじまうじゃねえか。この牛蒡は太すぎてよお、真ん中に穴開いてんだ」

登は空筒のような牛蒡を遠眼鏡にしてみせる。

「これなら、思いっきりぶん殴っても気が遠くなるくれえだ」

「穴の開いた牛蒡も使いようだね」

「野菜を馬鹿にすんじゃねえよお。不格好な出来でも、工夫次第で立派な料理になるんだぜ。俺がまわってる料理屋があってよ、そこの名物が『牛蒡のすり身揚げ』だ。この空いたとこに、魚のすり身を詰めて油で揚げたやつが、ホクッとじゅわっとでうめえんだ」

「じゃあ、今夜の礼に、そのすり身揚げ、こんどおごってやるよ」

ふたりで大柄の甚左を転がし、後ろ手にして縄で縛り上げた。左肩が痛み顔をしかめると、登が「自業自得だ」と、せんの額を小突いた。

やがて廊下が騒がしくなり足音が近づいてきた。法要を終えた伊勢屋徳一と、小僧から事情を聞かされた南場屋喜一郎がそろって駆けつけたのだ。

ふたりは部屋に散らばる板木と陶器のかけらを避けながら、つま先で座敷に踏み入る。

「またお前さんの悪いとこが出たね」

喜一郎がせんを睨みつけている。

「なんで甚左のことを相談してくれなかったのだ。どうせひとりで板の中を読むつもりだったんだろう」

親代わりの喜一郎には、すっかり手の内を読まれていた。

「そのせいで俺の牛蒡がまっぷたつでえ」

せんは首をすくめる。

徳一は気を失っている甚左を見おろし、その顔に唾をかけた。

「あれだけ金をせびりながら、さらに盗みに入りよるとは。ほんま許せまへんわ。南場屋はん、こりゃあ番所に突き出さんと埒《らち》あきまへんで」

徳一がいうと、喜一郎も縄で縛り上げられた甚左を憎々し気に見下ろした。

甚左が目を覚ました。呻きながら身をよじったが、喜一郎と徳一が揃っているのを見てようやく観念した。

せんは南場屋から盗んだ板木の行方をたずねた。

「……深川の海福寺《かいふくじ》で焼いた」

喜一郎が、「ああ」と頭をかかえる。

永代橋の供養塔がある寺だと、登が教えてくれた。

「さっき話した料理屋の娘もさ、永代橋で死んじまったんだ。夫婦で海福寺にお参りに行っている。おかみさんは毎日欠かさず陰膳据えているそうだ」

百日忌に建立された供養塔には、いまでも多くの花が手向けられている。

南場屋の板木はなかなか燃えず、風に巻きあがる枯葉から板を守るように体を盾にし、甚左はいく度も火打石を打ったという。

喜一郎が憐《あわれ》みの色を顔に浮かべたのは、一瞬のことだった。

「あんたのおっかさんは気の毒なことだったが、本にはいろんな読み方がある。きれいな嘘で心を慰めるのも読物の役目なのさ。それを早合点し、大事な板木を燃やしやがって」

思わずせんは首を振った。

「親父さん、大事な身内の死にざまを、勝手放題に書かれちまった甚左の気持ちも汲んでやっておくれよ」

人の心の内こそ、一辺倒では片が付かない。自分のしていることが、間違ったことだと甚左もわかっていたはずだ。

喜一郎はゆがめた顔を徳一にむけ、口を開いた。

「一度ケチが付いた板を、もう一度彫るといったら、馬琴先生はへそを曲げてしまうわ。こりゃあ、お蔵入りだ」

「……うちが出した分の金はどうする」

「伊勢屋さんが手を引くなら、南場屋が立て替えよう」

徳一はしばらく天を仰いでいたが、「しゃあなしや」と、畳に散らばった板木をあつめて、喜一郎に手渡した。

「伊勢屋は今回の件には一切関係なしや。ええか、甚左。番所のお調べで、うちの名を出すんじゃないよ。うちはねえ、南場屋さんみたいにのんびり仕事している暇はないんや。引合で銭を出すのも、もう勘弁や」

せんたちは示し合わせ、甚左は南場屋に盗みに入って捕らえられたことにした。甚左にしてみても、罪がひとつ減る。悪い話ではない。

表に出ると、すでに朝もやの香りが町に漂いはじめていた。薄ぼやけた夜空に、標《しるし》のような星がいくつも瞬いていた。それは歩を進めるたびに薄れて消えていく。

番屋に甚左を引き渡した帰り道、提灯を持って先を歩いていた喜一郎が振りむいて、にやと笑った。

「伊勢屋め、まだ馬琴先生の人となりを分かっておらんな。あとで泣きっ面かくのが楽しみじゃ」

どういうことかと、登が首をかしげた。

「板が焼かれて駄目になったといえば、先生は間違いなく『もう書かねえ』というだろうがね、甚左みてえな奇特な男がいたって知りゃあ、今度は母親のために板木を燃やしちまう親分の話を書こうと思っちまうところがあるのよ。あの先生はなあ、書くよ。いずれ無念のうちに死んじまった人のこと、隅っからすみまで調べ上げる。そうしたら類をみない長編だ」

「途方もねえ。どれだけ時がかかるんだか」

登があきれたようにいうと、喜一郎はかっかっと笑った。

「さあなあ、何年か、何十年か。でもその間、うちは開板し続けることができる。千部振舞間違いなし！　大団円だわ！」

せんは登に肩をすくめてみせた。

来し方行く末、どうにでもできるのが江戸っ子てもんさ。これが本屋ってもんさ。すごいだろ、登。

左肩は、もう痛くなかった。

第三話

幽霊さわぎ

屋敷内にけぶっていた香煙は、日暮れから降り出した夏の雨に流され薄くなった。灯明の光を受けた障子戸に、志津《しづ》と手代新之助《しんのすけ》が絡みあう影が揺れている。新之助の手のひらは汗ばんでいて、いつもよりぎこちなく志津の小ぶりな乳房をまさぐる。

志津は、ふと顔をあげた。夫、平兵衛《へいべえ》の軀《からだ》が目に入る。白い布の下はどんな顔つきだったか忘れてしまった。

一晩前の未明、団扇《うちわ》問屋七五三屋《しめや》を営む平兵衛が、厠《かわや》でふんばる最中に頓死《とんし》した。中風《ちゅうぶう》とみられる。夏の掛け取りの真っただ中。目がまわるほど忙しい日だった。死んだ夫のすぐ横で房事にふけるなど、神仏にどう言い訳をしても許されるものではない。

志津は線香の匂いを吸いこまないよう、新之助の胸元に鼻筋をあてた。通夜の夜伽《よとぎ》をしているのがこの手代だと知り、志津は慰めが欲しく忍んできたのだが、まんまと新之助に抱き伏せられた。

新之助は目から鼻へ抜けるような、立ちまわりのうまい男だ。日本橋一の色男ともてはやされ、町を歩けば袂に付文を投げこまれるそうだが、この男が志津を抱くのは、店でのし上がる手立てにすぎない。

夫から触れられることもなかった不憫《ふびん》な女将を抱くことは、新之助にとって奉仕に近い。それでもいい、と志津は思っていた。女にだって欲はある。腹の内からあふれるものを掬《すく》い取ってくれる男がそばにいるなら、たとえ情がなくとも救われることがある。

ふたまわりちかく年の離れた平兵衛に嫁いで十年あまり。子はいない。だが以前から平兵衛の甥を養子にもらう話はついている。すでに問屋仲間に挨拶も終えていた。平兵衛は近いうちに表から身を引き、のんびり余生を送るつもりだったのかもしれない。

新之助の指先が恥毛の先に忍んできた。男の強い匂いが志津の奥深くにある戸を開ける。灯心がジジと鳴り、胸の奥にくすぶっていた火種にも火が灯る。

「あっしにはおかみさんしかいません。いずれ番頭になった折には、この七五三屋を江戸一の団扇問屋にしてみせますぜ」

くく、と笑った新之助が志津の口を薄い唇でふさぐ。店での慎み深さはなりをひそめ、寡婦《かふ》となった女をたしかめるように調べあげていく。ふたりの絡みはますます激しくなり、志津はいつの間にか畳に背を擦り体全体にしびれを感じていた。

唐突に新之助が「あっ」と叫び、ガタンと大きな音がした。新之助の足が亡骸の横たわる掛布団にひっかかり、守り刀が跳ねあがったのだ。蠟燭《ろうそく》の火が大きく揺らめく。平兵衛の手甲が大きな腹から垂れ下がり、口から白い泡が垂れている。

慌てて身を起こした新之助は、布団に手を掛けようとしたが、はたと動きを止めた。

「――――！」

志津は新之助の肩越しに夫の顔を見下ろし、声にならない悲鳴をあげた。

死んでいるはずの平兵衛が眼をかっと開き、天井を睨《にら》みつけている。

新之助は乱れた姿のまま続間の襖《ふすま》まで後退りした。放り出された志津は、平兵衛の顔の前に倒れこみ息を止める。

「だ、旦那さま！　お許しください！」

新之助は手のひらを擂りあわせ念仏を唱えはじめた。奉公人らが駆けつける足音が聞こえてくる。

かくん、と平兵衛の首が傾き、蠟燭の灯りを受けた平兵衛が恨めしそうに志津を見た。口元からまた泡が垂れる。

天井から激しい雨音が響き、やがて静かに止んでいった。

一

寒さをしのぐため頭に巻いた手拭い越しに、千太郎長屋の住人たちの騒ぎたてる声が聞こえてきた。眠りが浅く浮きはじめた明け方。躰より先に心の臓が跳ねた。ミシミシと壁がきしんでいる。気の早い年の神が、おんぼろ長屋に落ちてきたのか。やがて薄い布団の下から突き上げられる衝撃を感じた。

（地震か。こりゃあ大きい！）

せんは咄嗟《とっさ》に掛布団を頭からすっぽりかぶる。

部屋にうずたかく積んだ貸本が、音を立てて崩れ落ちた。長屋のあちこちから、あわただしく戸の開く音がして、住人たちが表に出ていく気配がする。しかたなしに躰を起こした。

夜半に降りだしたみぞれ交じりの師走《しわす》の雨は、いつの間にか止んでいた。ぬかるんだ路地にたむろする住人たちは、しばらく青い顔をして薄闇の空を見あげていたが、やがて白い陽が濡れた町を照らしはじめると、みな安堵《あんど》したように早めの朝支度をはじめた。

二度寝をあきらめたせんも、前垂《まえだれ》の紐をぎゅっと締め直し、欠伸《あくび》をかみ殺しながら井戸へ出むく。女たちは、まだ神妙な顔を浮かべていた。つるべに手を伸ばしかけると、おたねが味噌こしの笊《ざる》を振り回しながら駆けよってきた。隣に住む左官の女房で、せんがひとりきりになって途方に暮れていたころから、なにかと世話をしてくれる陽気な女だ。

「久々にでかい揺れだったねえ。おせん、大丈夫だったかい？」

「貸本が崩れてひどいあり様だよ。おっかないから、地震除けの鯰《なまず》絵でも祀《まつ》っておこうかな」

「そりゃいい。あんたが本に埋もれて死んじまっても、すぐ気付いてもらえないもんねえ。年がら年中部屋にこもって本読んでいるんだから」

おたねの皮肉に他の女房たちがどっと笑う。せんが言い返す間もなく、絵といえば、とおたねが笊を叩いた。

「梅鉢屋で『七五三屋お志津』を扱っていないのかい？」

江戸市中で流行《はや》っている錦絵である。

「あいにく手元にはないんだよ」

「一度でいいからじっくり眺めてみたかったのに。役に立たない貸本屋だねえ」

「どこもかしこも売り切れさ」

目刺しが焦げているという亭主の声に、おたねが慌てて駆けていった。

顔を洗って部屋に戻ったせんは、残りものの冷や飯に蜆《しじみ》の佃煮をのせ、湯をかけて腹を満たすと、散らかった本を片付けた。今日はツケがたまっている客をまわり、銭を根こそぎかき集めるつもりだ。このままでは正月支度のめどが立たず餅すら買えない。

（でも、餅より、お志津を手に入れたいね）

ここ最近、客たちがこぞって求める品があった。

団扇問屋七五三屋の後家、お志津を描いた錦絵である。

先の春に、版元蔦屋耕書堂《つたやこうしょどう》から売り出された揃い物『名花六家選』の一枚で、手掛けた絵師は、三年前鬼籍に入った喜多川歌麿《きたがわうたまろ》の門下何某《なにがし》。

十年以上も前になるが、歌麿は蔦屋から『名取酒《なとりざけ》六家選』という揃い物を出している。六種の銘酒と、吉原の遊女六人を組み合わせた錦絵で、『玉屋内しつかと万願寺養命酒』とか『兵庫屋華妻《はなづま》と坂上の剣菱《けんびし》』といった具合だ。

その評判を受けて、新たに続き物として『名花六家選』が売り出された。花見に欠かせない名所と、商家の美人女将を組み合わせた錦絵である。

ただ、吉原の遊女や浅草の女中とは違い、華やかさに欠けて売れゆきは芳《かんば》しくなかった。しかも、十数年前の寛政の改革以降、錦絵には遊女以外の記名が禁じられるほど、出版統制の眼はいまだ厳しいものがあり、出た当初はさほど話題にも上らなかったのだ。

だが、四月《よつき》ほど前、風向きが変わった。それこそ、団扇で煽《あお》いだ風が江戸を吹き抜けるように。

『名花六家選』に描かれている女将のひとりが、あの七五三屋のお志津だと知られたからだ。

事の起こりは、夏の掛け取りのさなかに七五三屋主人、平兵衛が頓死したことだった。

あろうことか、その通夜の場で情事にふける志津と手代の前に、死んだはずの平兵衛が腹を立て、三途《さんず》の川を渡らずに舞い戻ったというのである。そのあと無事に平兵衛は「死に直し」て菩提寺《ぼだいじ》に埋葬されたが、一連の騒ぎは瓦版によって面白おかしく書き立てられてしまった。

この怪事を摺った読売《よみうり》が、都合よく絵を広める引き札の代わりになった。蔦屋に売れ残っていた『寛永寺桜落葉』初摺り二百枚は、瞬く間に売り切れた。さらによく似た構図の錦絵が、別の版元から次々に売り出され、七五三屋お志津の美人画は、あっという間に一番人気の江戸土産となったのである。

せんが貸本屋を開いて五年がたつが、これほど一人の女が役者のようにもてはやされたことはない。いまや「七五三屋の怪異」は、公方《くぼう》さまの御耳にも入るほどの騒動になっている。

てかてかと光った蛸《たこ》坊主がせんを訪ねてきたのは、その日の午下《ひる》がりである。芥溜《ごみため》で割れた茶碗を片付けていると、大きな風呂敷を担いだ男が頭をなでながら駆け寄ってきた。

「よお、梅せん」

「あれ隈《くま》八十《やそ》。地震でおっ死んでなかったのかい」

「へへへ、惨事はわしの大好物さ。町がざわつくと銭がよう動く」

板株を持たず、本の売り買いだけで儲けを得る売子《うりこ》だ。神出鬼没な伝法《でんぽう》な男で、だみ声を張り上げながら商売敵を威嚇し、次々に本を競り落としていく。

たいていの売子は、売親《うりおや》である本屋の下にぶら下がり、日本中の古本市に出入りして本や板木を集める。ただ、仕入れた品が売親に買い取られなければ損をするので、そんな時は馴染みの貸本屋を渡り歩き売りさばくのだ。

この三十がらみの男は、盗品を流しているという噂がある。

これまでせんが隈八十から仕入れた出物は、証文もある確かな本や錦絵ばかりだが、隙を見せると何をつかまされるかわからない。だから十遍来たら九遍は追い返す。

売子は絶対に床上へ腰を下ろさず、しゃがんで売り買いをするのを流儀とする。隈八十は挨拶もそこそこ、せんに一枚の錦絵を披露した。

「七五三屋お志津の『寛永寺桜落葉』初摺りさ」

冬のからっ風でかさついた頰が一気に熱を帯びる。今日は十遍のうちのまれな方だ。

「欲しかったろう、梅せん。こりゃあほんとにいい掘り出し物だぜ」

隈八十は禿《は》げ頭をなでながらいった。せんは絵の女をじっと見て、

「たしかにいい貌《かお》だ。初摺りだから手抜き摺りもない。どこで仕入れたんだい？」

じろと禿げ頭の顔を睨むと、あからさまに眼をそむけられた。ここで深く問い詰める

とせんの身も危うい。知らぬ存ぜぬも商いのうちだ。

値を聞くと一分という高値を吹っ掛けられた。馬琴の新作が買える値である。

「馬鹿いえ。錦絵なんぞ蕎麦《そば》一杯が相場じゃないか！」

「こっちゃあ別に構わねえよ。ほかにも欲しがっているやつは多いからなあ」

仕方なしに一分を払い隈八十を追い返すと、せんはすぐに絵を調べはじめた。

地は「黄潰し」。黄色の一色で人物以外の背景を摺る、単純なようで熟練した技が必要な摺りだ。そこに黒塗りの下駄を履いた志津が団扇を構えており、裾や胸元からちらと垣間見える緋縮緬《ひぢりめん》が鮮やかな朱に彩《いろど》られている。また、団扇から生まれた風に舞う桜の花びらが、遠慮がちに画の手前に配置されていて、より一層志津の美しさを引き立てていた。

蕎麦百杯分、悔いない買い物だ。

（ん？　これは書入れか）

せんは戸をあけ、明るい陽の下に絵を広げてみた。志津は朱色の団扇を手にしているが、その団扇の地紙部分の文字が、どうも後から書き加えたように見える。

菜　碁　山　糸　豆

（しめ《七五三》やしづ《志津》……だれがわざわざ入れたのか？）

このご時世、おおっぴらには書かれることのない女将の名前だが、誰もがこの絵は志津だと知っている。隠してわざわざ文字にする意図が見えてこない。

「書入れ」は、ふつうは読物に書きこまれるもので、歴代所蔵してきた持ち主によって順に加筆される注釈のようなものだ。誰が書入れをしたかによっても価値が違ってくる。書かれた文字はすでに本の一部であり、全くない本よりは、読む者が新たな解釈を得ることができるとして重宝された。

本や絵は食べ物のように、用が済めば無くなるものではない。長い年月人の手にあり、何十年、何百年と読み継がれていく。読み手は、次に読む者たちが迷わないよう書入れをして、読みやすいように本を作り上げていく。そうやって本は育っていくのだ。

だが錦絵の書入れなど、ついぞお目にかかったことはない。

(ただの落書きか。それとも由緒ある書入れか)

丹色《にいろ》の文字が目の奥に焼き付き、絵の美しさに没頭できない。なんとも厄介な書入れだった。

二

夏に比べたら格段に客は少ないはずの堀沿いなのに、からっ風が吹く店先には物見高い江戸っ子たちがたむろしていた。旅装束の田舎侍や、托鉢《たくはつ》中の坊主までが首を伸ばしている。

せんも噂のお志津を見てみたいものだと、高荷を背負ったまま、人垣のすき間から店の奥を覗《のぞ》き込んでいた。

団扇の問屋が多く居並ぶ日本橋堀江町は、通称「団扇河岸」と呼ばれている。初夏は店の前に色鮮やかな団扇が飾られ、河岸沿いが一気に華やぐ。

竹の産地である房州館山《たてやま》ちかくの農家や漁家が、年末から春にかけての閑散期に作る団扇の骨組みが、船で団扇河岸に運ばれてくるからだ。ここには問屋の蔵がいくつも並び、船からじかに倉入れをするのによい立地となっていた。

その骨と地紙に摺られた錦絵は、軽輩《けいはい》の武士や貧しい裏店《うらだな》住まいへ内職に出され組みあげられる。貸本屋を営む前のせんも、よくこの辺りの団扇問屋から仕事をもらって生計《たつき》を立てていた。小さな骨組みのなかに描かれるのは、春の当たり狂言や人気役者の似顔絵だから、糊《のり》で貼りつけながら絵を楽しむことができるのだった。

団扇問屋は春から夏がもっとも忙しい。逆に商いが暇になる秋冬は、別の商売を掛け持ちするのが習わしで、七五三屋は柿の卸し商いを担っていた。団扇の質は日本橋一を誇る七五三屋だが、店で作られる干し柿がまためっぽう美味《うま》いと評判で、蜜を凝縮したような甘さは、女将の志津が吐く甘い息のせいだと噂されていた。

十年あまり前に嫁に来て以来、志津の顔を見た者はほとんどいない。生前の平兵衛は、志津があまりに美しいため、悪い虫がつかないよう座敷の奥に閉じこめているのだと陰口をたたかれた。商売仲間が会わせてほしいと懇願しても、絶対に表に妻を連れ出そうとしなかったからだ。

『寛永寺桜落葉』の板下絵師からも、志津への目通りを請われたが、平兵衛は頑として首を縦に振らない。せめて見目の特徴を知りたいと頼みこまれると、平兵衛は「弁天さまより吉祥天《きっしょうてん》さまより美しい姿を描けばよい」と言い放ったという。

幽霊騒ぎのずっと前から、「七五三屋お志津」は美人女将として有名だった。それゆえに、平兵衛が女房会いたさに生き返った話は、さもありなんと、たちまち江戸っ子の口の端に上ったのだ。

七五三屋の手代が面倒くさげに野次馬を追い払おうとしたときである。

派手な格子柄の着流しに黒袴の役人が、急ぎ足でこちらにやってくるのが見えた。連《れん》雀《じゃく》を背負った中間《ちゅうげん》の男と、岡っ引きの親分がついている。このあたりを廻る南町奉行所の同心だと囁《ささや》く声がした。

同心は七五三屋の人垣を蹴散らし、店に訪いを告げた。慌てて番頭が駆け出してくる。

「住吉町鉄三郎《てつさぶろう》長屋住み、新之助なる男は、ここの手代であるな」

遠巻きに眺めていた町人らがざわつく。

「へ、へえ……たしかに。しかしすでに暇《いとま》をとり、うちでは働いておりません。新之助が、いかがいたしましたか」

「きのう、何かに……いや、何者かに殺された」

野次馬たちが一斉にうめき声をあげる。鬢《びん》に白いものが交じった番頭が、奥で立ち働く奉公人らに、若旦那を呼んでおくれと声を震わせている。

「まさか死人の仕業かねえ」

せんが口をはさむと、岡っ引きの親分が血相を変え、「誰でえ、くだらねえことというやつは！」とあたりを睨みつけた。

厚ぼったい冬の気配は空から迫りきて、身を縮めれば、霜で濡れた足元からも徐々に冷えがせりあがる。午も回ったというのに日差しはかぼそく、橋を行く人はみな首をすくめて通り過ぎていた。

凶事から五日経ったが、新之助殺しの下手人は捕まっていない。

これまでせんが目にしてきた読売では、新之助はどれも女形役者のような色男として描かれており、事実日本橋で一、二を争う看板手代だったそうだ。ただ、生《なま》っ白《ちろ》いお店《たな》者《もの》で男衆の評判は芳しくない。新之助をよく知る者は、あんな阿漕《あこぎ》な男はおらぬとまで触れまわっていた。

新之助は、主人の四十九日法要のあと店を辞めている。志津との一件で風聞が悪いと、店を継いだ若旦那から追い出された。金が底をつき女の元を転々としていたようだが、五日前、中宿《なかやど》の二階で血まみれになって発見された。現場の異様さが、読売の挿絵に描かれている。

「柱に火箸《ひばし》とは奇妙だねえ。それになんともおっかない形相だ」

歩を進めながら独り言《ひとりご》ちて、せんは挿絵に見入った。

読売によれば、出会い茶屋でもある中宿「笑福《しょうふく》」で新之助を殺したのは、死んだ平兵衛の亡霊だという。

どこからともなく現れた平兵衛は、新之助を火箸で突き刺し心の臓をえぐり出した。不義密通の鉄槌を下して退散したが、刃傷《にんじょう》に使われた火箸と心の臓はこの世のものであるから、壁をすり抜けることができず、手前にあった床柱に突き刺さってしまった。

冬空の下に飛び出した平兵衛の眉間には、怨念の深さを感じさせる皺《しわ》が刻まれ、骨ばったあばらには返り血がべっとりとかかっている。黒味を無くした白い眼玉が薄闇の下で光っているようだ。

せんが団扇河岸から内職をもらっていたとき、七五三屋の前の堀で魚に餌を投げ入れている平兵衛を目にしたことがある。

（丸顔の温厚そうな親父さんだったのに……）

人々は瓦版屋が日を置かず摺り続けている読売を買い求め、七五三屋の怪異を肴《さかな》に盛りあがっている。美しい内儀を置いていけずこの世にとどまった平兵衛が、間男《まおとこ》を火箸で殺してしまった。次は志津が呪《のろ》い殺されるのではないかと心配したもの好きたちが、お札を手に連日七五三屋へ出むいていた。

奉行所は幽霊を探し歩き、墓地やら寺にまで下っ引きを詮索に当たらせているというから尋常ではない。

正月の準備でにぎわう西広小路を横切り、せんは通油町《とおりあぶらちょう》を歩いていた。右を見ても左を見ても書肆が居並ぶ。江戸一、本が集まる場所である。そして、幼き日のせんが遊び場のように出入りしていた町だ。

いくつかの地本問屋《じほんどいや》をまわり、次の得意先に回ろうと陽の傾きを仰いだときである。

「てやんでえ、こんなおあつらえ向きの揃い物、もう手に入らねえぞ！」

聞き覚えのある声が耳に届いた。振り返って暗がりに続く裏路地に目をやると、小さな古本屋の前で啖呵《たんか》を切る隈八十が地団太を踏んでいた。本が詰めこまれた風呂敷がはちきれそうになっている。

時置かずして、店主らしき老人が箒《ほうき》を手に出てくる。それをくるり天地逆さにして家の塀に立てかけると、団扇で箒の穂先を扇ぎはじめた。長居する客を追い払う呪いだ。

「隈八十、そのおあつらえの品、あたいに見せておくれよ」

罵《のの》り続ける禿げ頭の売子に声をかけると、「おう、梅せんか」と、薄い眉尻を垂らし駆け寄ってきた。

　近くの稲荷神社に場を移し、境内に腰を下ろして古本に目を通している間、隈八十は小さな社の奥を覗きこんでいた。

「さい銭泥棒でもするつもりかい」

「ばかいえ。ここは売子にとっちゃ、欠かせねえ宝物庫なのよ。うっかりものの本屋ってのが多くてなあ、本の初摺りが奉納されたままになっていることがある」

「やっぱり泥棒じゃないか」

「落とし物を拾うだけさ」

　どう転んでも品下《しなくだ》った男である。

「この古本も、道端に落ちていたのかい?」

　先ほどの店主が追い出したのもうなずける。虫食い手あかの本ばかりだ。かろうじて銭を出せるのは、葛飾北斎が手掛けた艶絵《つやえ》くらいか。化け蛸と遊女が房事にふける肉筆画である。遊女が客にしたためたと思しき天紅《てんべに》のついた手紙は、蛸の触手に握りつぶされようとしている。けれど遊女は嬉しそうに笑みを浮かべていた。絵の上に「いゝやうにしておくれんか」と文が書きこまれている。

「こいつはいい。うちのお得意さんらが好みそうな艶絵だ。一枚絵なら同じものはないし」

しかし、とせんは肩をすくめた。

「こんなけったいな獣姦ものが人気とは、男どもの性根を疑うね」

「ケケ、人の業《ごう》っちゅうのは獣のそれと紙一重でねえ」

振り返った隈八十の顔とつるつるの頭に、格子の痕がくっきりと残っている。まるで「悪さをしました」と顔に貼りつけているようなものだ。

「しかしなあ、北斎は女を書くのが下手でいけねえ。生き方はでたらめだが、性根が生真面目すぎるんだな。だから女のホトもかしこまったものしか描けねえのさ」

「女のあそこにかしこまるもなにもあるものかい」

蛸の手を男のマラに見立てる趣向の是非はともかく、絵は文句のつけようのない巧妙な出来栄えだ。せんは絵をかかげ、目を細める。隈八十が「助平な梅せんでも、艶絵のたしなみ方がわからねえみてえだなあ」と下品に笑った。

「ちょいと指でも女のホトに当ててみな。絵ががらっと変わって見える」

「そういうものかねえ」

せんは片目を閉じ、絵の陰戸に指を当ててみる。恥部が隠れた途端に遊女の恍惚《こうこつ》な眼が光を帯び、一気に色気たつ。せんの躰の奥がかっと熱くなった。

「なんでも見たまんま細かく描けばいいってもんじゃねえ。見るもんに思い巡らせるのも絵師の腕さ。ゆだねるのさ。この前おめえに売った志津絵は描きこみすぎだ。わしはもっと水っ気のあるふっくらしたおいどが好みでな。売りにきた新之助の話じゃ、ホンモンの躰はずいぶん触り心地がいいらしい」

「ちょいと、志津絵の出どころは、死んだ新之助なのかい！」

問いただすと、とたんに隈八十は眼を逸らした。

普通なら蕎麦一杯分で手に入る程度の錦絵だが、お志津の名がついたものは誰もが手に入れたがる人気の錦絵。

どうやら店を追い出され金に困った新之助が、店にあった『寛永寺桜落葉』を盗んで売り払ったというのが真相のようだ。

「盗品を売りつけるなんて、金輪際《こんりんざい》あんたのとこから本は仕入れないよ」

「なあ梅せんよお、貸本屋は裏道、売子は抜け道ってな。おんなじ日陰者《ひかげもの》同士うまくやっていこうじゃねえか。ついでに寝屋《ねや》でもいい仕事してやるぜ」

そういって隈八十はせんの尻に手を伸ばしてきた。ひらりと身をかわしたせんは、艶絵を高荷にしまう。

「おい、銭をよこせ」

「盗人風情に払う銭は持ちあわせていなくてね。また掘り出し物があったら持っておいでな。まずい蕎麦くらい安く買いたたいてやるから」

「業突く張りめ！　大晦日までに身ぐるみはがしてやるからな！」

隈八十は悪態と痰《たん》を飛ばして、さい銭箱を蹴りつけた。

三

新之助が死んだ中宿「笑福」は、両国橋の東側に流れる竪川《たてかわ》沿いにあった。もとは新之助の行きつけの逢引《あいび》き宿だったが、家賃が払えず長屋を追い出されたため、すっかり居ついてしまったらしい。主人の善吉《ぜんきち》は新之助と古馴染みだったというから、無下にできなかったのだろう。

本所林町の表通りから一本奥に入った薄暗い一角に、屋号の入った掛行灯《かけあんどん》がかけられている。大きな石を置いた天水桶の前の溝板《どぶいた》がはずされていた。午の日差しも入らない、冷えきった路地に這《は》いつくばるように躰を折って、泥をさらっている小男がいる。平べったい顔の真ん中に凹凸が集まり、吐き出される白い息が蒸かしたての饅頭《まんじゆう》を思わせる。腰は曲がっているが艶のある肌を見るに、三十路は越えていない。薄い唇の奥からしきりに歯をこする音がした。

声をかけると、善吉はちらとせんを見て「働きたいなら口入屋《くちいれや》を通しておくれ」とぶっきらぼうに言い放つ。貸本屋だと告げると、善吉は思案顔で立ちあがって腰を伸ばし、手ぬぐいで泥をはたきながら、「新之助の一件だろ」と顎《あご》をしゃくった。それめあての客がこれまでも訪れているのだろう。

宿に入ると目の前に帳場格子が据えられ、老婆が座ってそろばんを弾いている。老婆のうしろの壁には、お志津の錦絵がいく枚も貼られていた。その艶《あで》やかさにせんは感嘆の息を漏らした。

「圧巻だ。絵草紙屋よりも志津絵がそろっているじゃないか」

『寛永寺桜落葉』もしっかりと並んでいて、その絵の中の団扇を見ると文字はない。これでせんが持っている絵のそれが、何者かによる書入れだとはっきりした。

「売り出されたらすぐに買いに走るのよ。すべて初摺りの一枚さ。中には試し摺りで表に出回っていない希少なものもある」

善吉はうっとりと絵をながめる。

「新之助も一枚持っていたと耳にしたけど？」

「ああ、大きな声じゃいえねえが、七五三屋さんから持ち出して金にしようとしてた」

金はなくとも女遊びをやめられなかった新之助は、方々の女郎屋に出入りしては銭が払えず、始末屋や付け馬に追い立てられていたらしい。笑福に転がりこんできたときも、身の物一切をはぎ取られ、裸に三尺帯だけ巻きつけていたという。

これで隈八十の話の裏が取れた。さて、どうしたものか――

「新之助が死んだ部屋を見られるかい？」

老婆が皺のよった手を差しだしてきた。一番目立つ目線の高さに「怪異座敷見料」と記された紙が揺れている。新之助が殺された部屋を見世物小屋にしているらしい。

善吉が先だって階段をあがっていく。

新之助が死んだ座敷は、布団を二枚敷けばいっぱいになる貧相な部屋で、小さな連子窓からは、午下がりの薄い陽が差しこんでいた。陽焼け跡の残った畳の上にはまだ血の痕がこびりついている。もうすぐ煤払《すすはら》いだ。畳を入れかえるまでは、部屋を見世物にしてひと儲けする魂胆なのだろう。

すっと伸びた血痕の先に床柱がある。

「あそこに火箸が刺さっていたのかい？」

床の間の手前に長火鉢が置かれていた。この火鉢の火箸が凶事に使われたらしい。

善吉が座敷に入って手招きする。せんは血を踏まないように床の間に近づき、善吉が指し示す小さな穴を見つめた。

「平兵衛さんの幽霊は火箸で新之助の胸をぶっ刺して逃げようとしたのよ。ところが凶器は壁を通らない。柱にぶすっと突き刺さっていた」

「心の臓もえぐられていたの？」

「そりゃあ、瓦版屋のでたらめだな」

本当に残っていたら、腐らないよう酒に漬けておいたさと笑った善吉だが、不謹慎だと思ったのか、しきりに咳きこみ、手を合わせて念仏を唱えはじめた。

「じつは誰かが新之助さんと一緒にいたということは？　女癖が悪かったというし、情のもつれとかあったんじゃないのかね」

「銭も払わず女を連れこむなんざ、下の婆さんが許すわけないよ」

「じゃあ、やっぱり下手人は平兵衛さんか」

そうだろうねと、善吉はうなずいた。

「お志津さんをたぶらかした新之助にバチがあたったのさ」

せんは冷たい風が吹きこむ窓から宿の外を見おろした。溝さらいのときにかき混ぜられた泥水の臭いが立ちあがってくる。寒空の裏路地などにたむろする者はおらず、裏店に住む子らの駆け回る声がキイキイと聞こえてきた。

「世話していたわしが言うのもなんだが、あいつは見目に反して性根の悪いやつだった。とくに酒が入るとひでえもんさ。お志津さんも厄介な男と通じたもんだ」

善吉は眉を歪めながら、まるでそこに平兵衛の幽霊がいるかのように辺りを見まわし、大袈裟《おおげさ》に身震いした。

「新之助が殺《や》られた日の明け方、でけえ地震があっただろ。だが、あの大きな揺れでも起きてこねえ。おかしいってんで奴の部屋の唐紙を開けたら、もう血まみれでこと切れていたってわけさ」

地震のあった日は、夜半からみぞれまじりの雨が降っていた。本所深川あたりは高潮や大雨ですぐ下水があふれ水浸しになる土地だ。少しの雨で溝が逆流し、道には泥水があふれていたが、宿の前の路に怪しい足跡を見つけることはできなかった。

「地震で飛び出してきた近所の誰も、下手人を見てねえってことは、つまり……そういうことだろ？」

血だまりの痕に身を屈《かが》めてじっと見つめると、ここで息絶えていた男の姿が、ぼんやり浮かび上がってくる。手代と女将の秘め事は、いつしか公になり、期せずして七五三屋は繁盛している。だが手代の新之助は不遇だ。店を追い出され、あちこちを渡り歩く身に落ちぶれてしまった。かつて好いた女の絵を盗み売って糊口をしのぐほどに。

店を出るとすでに薄闇が迫り、路地はさらに暗くよどみはじめる。

足を竪川にむけるとき、どこからか三味線の音色が聞こえてきた。調子っぱずれの弦の音が、まだ泥の臭いが残る路地に絡まって落ちた。

四

煤払いが終わると、寺院の門前では正月準備の年の市が開かれる。町を歩けば松を抱えた職人が威勢よく往来し、つられてせんの足も早くなった。朝から得意先まわりをしていたので昼餉が遅くなり、店の前で餅つきをしている蕎麦屋に駆けこんだ。

日本橋西河岸あたりは榑木《くれき》屋や砥石《といし》屋が多いから、店内は職人たちが吹かす煙草の煙で充満している。高荷を床几《しょうぎ》に置いて、蕎麦が来るまで一服と、懐中煙管《ぎせる》を取り出し、煙草盆を引き寄せた。男衆の目がこちらに注がれるのを煙で濁していると、衝立てのむこうから男たちの声が聞こえてきた。

七五三屋に町方が入るってよ。新之助殺しの下手人を挙げられない御番所がしびれを切らせて、奉公人をかたっぱしから調べ上げるそうな。

せんは運ばれてきた熱々の蕎麦を急いですすり、汁を一気に飲み干して舌を火傷《やけど》した。

七五三屋に出むくと、年の瀬で忙しいせいか野次馬は減っていた。懐手で店をのぞいている町人に尋ねてみると、半刻（約一時間）ほど前、南町の同心らが店の奥へと入ったという。

しばらくして、店章が入った柿箱の脇をすりぬけるように、ふたりの町方が出てきた。先日新之助殺しを店に伝えに来た町廻り同心と書き役だ。

後に続いてきた番頭と若い男が腰を曲げて見送っている。白髪頭の番頭は見おぼえがあるが、品の良い羽織姿の扮装《なり》をした若いのは初めて見る顔だった。あれが七五三屋の新しい主《あるじ》であろう。

「次は平兵衛さんの墓でも掘り起こすのかい」

冗談交じりの声がどこからともなくあがる。

「馬鹿を申すな、七五三屋の怪もこれで終いじゃ！」

同心は舌打ちをして野次馬を追い払った。

追いたてられて立ち去る町人たちに押しだされながらも、せんが首を伸ばして薄暗い店をのぞいていると、背後から声をかけられた。

「梅鉢屋さんでございますね」

振り返ると、先ほどまで店先にいたはずの七五三屋の番頭が、口をへの字にして立っていた。せんがうなずくと、素早くあたりを見回してから店のほうへ目くばせした。

「ちょいと母屋へお越しくださいな」

せんは首筋が冷えるのを感じた。まさか、店から盗まれた志津絵を持っていることが知れたのか。

堀から針のように凍てつく風がしぶきをあげ、団扇河岸を吹き抜けていった。急ぎ足の番頭に、恐る恐るついていく。

裏木戸をくぐり母屋まで飛び石を渡ると、庭には甘い香りがあふれていた。縁の軒に干し柿がずらりと連なり、粉をふいた甘露《かんろ》の玉が冬日に照らされている。せんは思わず唾を飲みこんだ。

家人が使用する戸口を入ると、若い主が上がり口に控え待ちわびていた。

「七五三屋の主、三郎衛門《さぶろうえもん》でございます」

値踏みするようせんに笑みをむける。三郎衛門はまだ二十歳そこそこと聞く。名の知られた大店を任されただけあり、腰の据わった落ち着きある話し方をする。髭《ひげ》のあとがまだ薄くつるんとして若々しい。眉も薄いのか、眉墨で太く描きこまれていて、団扇に描かれる歌舞伎役者のようだなとせんは笑いを飲みこんだ。

「ここ数日、うちのまわりをうろついている貸本屋さんですね。女中の話では、何度かうちの塀越しに庭をのぞいていたとか」

「この辺りに得意先がありまして」

「嘘おっしゃい。本屋ってのは時世を読んで本を売る商売。どうせうちの女将を一目見て、錦絵の売り口上にでもしようという魂胆でしょう」

「まあ、それもありますが……」

深い息を吐きながら、三郎衛門は居住まいをただした。

「じつは、おかみさんが本を借りたいと申しております。ただ、私どもとしましては、よそ者を奥にあげたくはない。そこでご相談でございますが、あなたの高荷を私どもが預かって、本を選ばせてもらいたいのです」

「これは異なことをおっしゃいますな。本を通じて縁を繋ぐのが貸本屋の喜びです。あたいが座敷にあがると、都合の悪いことでもおありなので?」

「い、いや、そのようなことは……」

三郎衛門がうろたえると、控えていた番頭がすかさず口をはさんだ。

「つべこべ言わず本を渡しなさいな。なんでしたら、お役人さんを呼び戻しましょうか。うちから盗まれた絵が、そちらさんに流れているのは調べがついているのですよ」

団扇問屋は町絵師と繋がりが深い。どこからか隈八十のことを耳にしたのかもしれない。知らなかったとはいえ、盗品を扱ったのは貸本屋一生の恥。せんは言葉を詰まらせた。

そのときである。屋敷の奥から泣き声のようなものが聞こえてきた。三味線の音色だった。そこに、とうとうと澄んだ唄声が折り重なる。

「お志津さんですか？　よい腕前でございますね。どこぞ名のあるお師匠さんへ通っておられるのですか？」

「いえ、女将さんは……」

言い淀んだ番頭の顔を、せんはじっと見つめ返した。

「ひょっとして、お志津さんには人前に出られない事情があるのでは？」

とうとつに弦が切れる音が響く。

三郎衛門が番頭に目配せしたとき、ふたりの背後の床板がきしんだ。はっと息をのむ若旦那の眼の先に、ほっそりとした女が三味線を抱えて佇《たたず》んでいた。

小紋の着物に前帯姿。亡夫に操《みさお》を立てる紋付羽織を身にまとっている。初めて目にする噂のお志津。せんは声を失った。

美しくあるべきその顔は、まるで焼けただれたように真っ赤なのである。疱瘡《ほうそう》の痕を掻《か》きむしり、固くなった掻き痕をまた掻いて血が滲《にじ》むのを繰り返した肌に違いなかった。せんも幼いころ疱瘡に罹《かか》ったが、運よく軽く済み痕は残っていない。

あばたの女が嫁ぎ先に困ると、親は「持参金」を娘につけて相手の家にもらってもらうのが世間の常だ。志津の生家は館山の郷士と聞いたことがある。志津が嫁いでからの七五三屋が、どの団扇問屋よりも名をあげたのは、竹の名産地と昵懇《じっこん》の間柄となった賜《たま》物《もの》だったのかもしれない。

志津は三味線を抱えなおすとせんを見すえた。腫《は》れた瞼《まぶた》がせわしく上下し、黒光りする眼が糸のように細くなる。

「ほほ、町方のお役人さんと同じ顔をしています。まさか七五三屋お志津があばた面《づら》など思いもよらなかったでしょう」

「ちょいと驚きはしましたが、あたいが生業《なりわい》としている本の中には、大江山の酒呑童子《しゅてんどうじ》もいれば、西遊記の猿もおります。赤ら顔には慣れっこです」

「まあ、面白い方。どちらも魔除けの妖怪ですわね」

志津は声をあげて笑ったが、男ふたりは顔を伏せたままだ。

「三郎衛門さん、やはりこちらさんから本を借りたいわ。奥にお通ししてよろしいかしら」

「へえ義伯母上《おば》がかまわないのでしたら……」

土間を渡るとき、竈番《かまど》をしていた女中らが、ぼそぼそ囁きあっていた。女将の秘密が外に漏れると危惧しているのだろうか。せんは軽く会釈し、志津について廊下を進んだ。

奥に進むにつれ、甘い香りが強くなる。やがてやわらかい陽が差しこむ奥むきの座敷に通されたせんは、再び言葉を失った。

「慣れない女中は怖がって寄りつきもしません」

壁の腰張りは竹林を模した小綺麗なものだが、室内の、目に入るものすべてが、朱色に染まっている。

床の間には朱色のミミズクが土産物屋のように並んでいた。そろって眼を見開いているのは、疱瘡の高熱による失明除けとされているからだ。その耳は兎《うさぎ》のように長く、これもまじないのひとつで、兎の血肉は疱瘡の回復をもたらすと古くからいわれている。

焚《た》かれた香りの強さに眩暈《めまい》を起こす。まるで炎の中に飛びこんだようで、せんの足はすくんだ。

「一度罹れば、もう疱瘡にはなりませんが、朱に囲まれていると安心するのです」

壁には武者の赤絵が所狭しと張られている。

「源為朝《ためとも》ですね」

いわずもがな、保元の乱で敗れ伊豆大島に流刑された弓の名手で、曲亭馬琴『椿説弓《ちんせつゆみ》張月《はりづき》』にも描かれている英雄だ。為朝は疱瘡神をはじめとする疫病神を追い払い、島の民は病から解放されたという逸話がある。

壁に張られている数多《あまた》の赤絵は、古今名をなしてきた絵師による『鎮西八郎為朝図《ちんぜいはちろう》』で、真っ赤な鬼や疱瘡神の老人たちが、強弓をひく為朝にひざまずき、さらに逃げまどう姿を描いている。矢に射られた小鬼が、いまにもこちら側に飛び出してきそうだ。

せんはそっと高荷を下ろし、志津が好きだという稗史《はいし》物や、いくつかの読本を並べてみせる。

志津は赤い顔をさらに火照らせ、身を乗り出しながら簪《かんざし》でも選ぶようにいくつかの写本を手にとった。志津はかなり本を読むたちであることが、手つきでわかる。家の奥にじっとしていなければならない者にとって、本は外の世とつながる唯一の手立てなのだろう。

奥付に「梅鉢屋」の印が押された写本をめくりながら、志津は満足そうにうなずいた。

「なんとも芯のある手蹟《て》ですな。私は御覧の通り表に出られぬゆえ、幼いころから本はよう読んでおります。梅鉢屋さんの書き本は、まるで戯作者が自らの手で書いているようにすいと胸にはいってまいります。ほら、これなんぞわかりやすい書入れがされていて、丁寧な仕上がりになっておりますね」

せんは軽く会釈し、帳面に貸し出す本と借り人の名を記した。志津、と記したとき、せんは筆を止め顔をあげた。脳裏に朱色の文字が流れ、それらは水に溶けるようにすとんと胸に落ちていく。

せんは高荷から一枚の錦絵を取り出し、志津の前にひろげた。

「七五三屋さんで所蔵していた『寛永寺桜落葉』です」

「ああ、死んだ旦那さんが毎晩ながめていたものです。葬儀のあとどこかに仕舞《しま》ったはずなのに。なぜ梅鉢屋さんが？」

「店を追いだされた新之助さんが、金に困って盗んだのです。あたいはそうと知らず手に入れたのですが、ここを見てくださいな」

せんは絵の中の赤い団扇の地紙をしめした。

「この書入れは、お志津さんのものですね」

よく見つけましたねえ、と志津は袂で口を覆い、くくと笑った。

「こんな小さな落書き、目立ちはしませんし、借りて見る者は気にも留めませんでしょう」

「とんでもない！　書入れはただの落書きではございません。本や絵に新しい解釈を与えるものです。もしもそこに絵の別の楽しみ方が記されているなら、本屋として無視できない。持ち主がどのような願いをこめて書入れをしたのか、わからぬうちは表に出すことはできないのです」

「大袈裟なこと」

「本や絵巻に記された書入れは、時がたつほど育つものです」

志津は戸惑う様子もなく、目元をやや緩ませて微笑《ほほえ》んでいるようだった。

「でもお志津さんにお会いして、書入れの意図がようわかりました」

せんは硬い皮に覆われた女の顔を正面から見すえた。

「のちの世に、あなたの名を刻み込むためですね」

いま生きている者が絶えれば、『寛永寺桜落葉』に描かれている女がどこの誰だかはわからなくなる。されど出版統制によって女の名を入れることが禁じられているならば、判じ絵にして御公儀の目をくらますしかない。

志津は絵を手にとり、透き通るように美しい絵の中の志津をそっとなでた。

「私と旦那さんは寝屋を一度も共にしたことはありません。でも女にも欲はあります。子だって欲しかった。そんな私の気も知らず、新之助に妻の体を慰めさせ、おのれは疱瘡に罹らなかった幻の妻を絵師に描かせ、その絵と毎夜床を共にするのです」

「……」

真っ赤な部屋に閉じこもり、数多の物語をながめながら、志津は夫を待ちつづけた。

妬《ねた》んだのは自らの幻。あばたのない世に生きる志津自身だ。

「あなたは絵の中のもうひとりのあなたに、志津と名をしるし、限りない命を与えようとした」

座敷を退座するとき、せんは胸にいれたままの読売に手をあて、ふと思いついた考えを口にした。

「通夜の日のできごとを瓦版屋に耳こすりしたのも、お志津さんでございますね」

そもそも、騒ぎのはじまりは七五三屋の怪異を面白おかしく書いた読売だった。ありもしないたわごとを吹聴する瓦版屋とはいえ、いずこからか話を仕入れなければ摺ることはできなかったはずだ。

戯作者の多くは、自分がこの世にあったことをのちの世に残したいという欲から文字を紡ぐ。あばたではない自分の姿をどこかにしるしたかった志津の願いは、やがて江戸を飲みこむ騒動へと広がっていった。絵をながめた者が、志津という女に胸の奥を焦がすほどに。

志津は、稀代《きたい》の戯作者だったのだ。

「でもね、梅鉢屋さん。旦那さんが目を開けたのは本当ですよ」

「なんと」

「ようあることだそうです。息絶えたあと、体が一時《いっとき》固くなり、また柔らかくほどけるときに瞼が開いてしまうのだと。最後の最後に、あの人、私の顔をじっとみつめておりました」

志津は口元を軽く上げ、その手に戻った『七五三屋お志津と寛永寺桜落葉』をながめた。満足げに微笑む志津は、絵の中の女よりずっと美しく見えた。志津の名はこの絵が燃え尽きないかぎり、人の口の端に上って伝えられていくだろう。

赤の間を出ると耳がつんと痛くなった。土間から続く縁から表に目をやると、店の丁《でっ》稚《ち》が空に顔をむけて口を開けている。

いつしかみぞれだったものは綿のような粒となり、しんしんと干し柿のむこうを真っ白に染めあげていた。

五

正月を迎えた江戸の町はめでたさで膨《ふく》れあがり、娘らが手にしている桃色の餅花が春の訪れを祝って揺れる。

宝船絵を売り歩く初夢屋の振り売りの声がそこかしこから聞こえてきた。すれ違いざまに呼び止め、お得意さまに配るために何枚か買う。

年の暮れから降り続いた雪はようやく止んだが、途中の堀にかかる橋の上は凍りつき、幾人もが尻もちをついていた。それもめでたいと笑いあう春をうれしく思う。

まだ固い仕立て下ろしで年始にまわるお武家の裃《かみしも》が、ガサリガサリと音を立てる。江戸も仕立て下ろし。めでたいめでたい。そう口ずさみながら団扇河岸の七五三屋に足をむけた。

店の裏木戸にまわって戸をくぐり、うっすらと霜で濡れた庭を過ぎる。すでに干し柿はない。落胆しながら訪いを告げた。

先代が亡くなりまだ一年経っていない七五三屋は、静かな年越しになったようだが、土間に入ると、新しいお仕着せを身にまとった女中たちが御馳走準備に追われていた。

奥間から、庭にまわってくれという三郎衛門の声が聞こえた。

庭を戻って縁に高荷を下ろすと、貸本を持って現れた三郎衛門が、先月末に新之助殺しの下手人が捕まったと教えてくれた。

「笑福の善吉でございました」

「やはりそうでしたか」

地震があった日、新之助と善吉は夜通し部屋で酒を呑んでいた。善吉が手に入れたばかりの志津絵を自慢したところ、酔いがまわった新之助が、それまで決して明かさなかった志津の容姿について口にしたのだという。

『表に出られるわけがないさ。ひでえあばた面だ。旦那さまが手も触れなかったのは、ただおっかなかったのさ』

志津の錦絵に執心していた善吉は、新之助の話が信じられなかった。それでも新之助の軽口は止まらない。

『痩《や》せて見えるが、存外艶っぽい弾みのある躰だったぜ。旦那さまももったいねえことしたよ。どうせ抱くときゃあ暗くて顔なんざわからねえのによ』

善吉は怒りで新之助を殴った。新之助は笑いながら指で口元の血を拭《ぬぐ》い、あろうことか自分の血で絵の中の志津の顔を赤黒く塗ったという。

その時、家がずしっと揺れた。善吉の心も揺れた。気がつくと、目の前にあった火箸で新之助の胸を突き刺していた。

善吉は、勝手に「書入れ」された絵を火鉢に放りこの世から消し、血だらけの火箸を柱に突き刺したのである。

幽霊に罪をなすりつける策だった。

奉行所は、当初は新之助の女癖の悪さが命を縮めたと考えていたようだ。しかし、新之助と関わりを持った女の周辺を探っても、七五三屋の家人と奉公人を調べても、怪しい者を見つけることはできなかった。

結局、笑福の周りに足跡ひとつ残っていなかったことが決め手になった。下手人は地震のさなか宿の中にいた者。主人の善吉ということになる。

帰り際に、三郎衛門から店の名物である干し柿をもらった。白い結晶が陽に当たって雲母《きら》摺りのように光沢を放っている。

「これこれ。いちど食べてみたかったんだ！」

「店の周りをうろついていたのは、この干し柿が目あてだったのではあるまいな？」

「男にも世にも幽霊にも媚《こ》びぬを信条としておりますが、どうにも食い気だけには負けまする」

外皮はシワシワで見目が悪いのに、かじれば頬がきゅっと締まるほどの甘みが口に広がる。種の周りがすこぶる甘い。

「かじってみなけりゃわからぬことが、この世には多うございますな」

せんが口をもごもごさせながらいうと、若旦那もしっかりと墨で線を引いた眉をゆがませ深くうなずいた。

口の中で種を転がしながら道をいけば、早耳の瓦版屋が叫んでいた。

「さあて、新之助が下手人に語ったお志津の真の姿とはいかに？　続きは十六文！　高いってえ？　あったりめえだ、次々に男を虜にする七五三屋お志津の正体だよ！　吉祥天より別嬪《べっぴん》なお志津に惚れちまった男らの悲劇はまだまだ続くよ！」

元夫の幽霊どころか、志津の色香に狂って間夫を殺した男まで出現したことで、志津の美しさは天井知らずのようである。

千太郎長屋にもどると、聞き覚えのあるだみ声が生垣越しに聞こえてきた。そっと首を伸ばして長屋を覗きこむと、隈八十が羽根つきをする子の相手をしていた。裏長屋の子らが、代わるがわる隈八十のつるつる頭を撫でている。

（まずい。蛸の艶絵の代金をぶん取りに来やがったな！）

背が低いせんだが、背負っている高荷は生垣を軽く越える。見つかる前に退散しようとしたが間にあわなかった。

「せん姉ちゃんが、かくれんぼしているよ！」

子らの声を受けた隈八十が、「おうおうおう！」と叫んでいる。

疱瘡除けならぬ、売子除けの絵などないものか。頭のてっぺんまで墨を塗られた隈八十が、下駄を踏み鳴らしにじり寄ってくる。

「絵の金《かね》、払いやがれ」

「残念だね、隈八十。もう年は明けちまったよ」

「うちは現金掛値なしでぇ！　銭を出すまで居ついてやるからな！」

怒鳴り散らす隈八十に、遊び足りない子らがしがみつく。せんはすかさず踵《きびす》を返した。

（蛸が退散するまで、初湯にでもつかりにいくか）

せんはせっせと白い息を吐きながら、太神楽のお囃子《はやし》が聞こえる大通りへと足を弾ませた。

第四話　松の糸

一

「まいどお、和漢貸本梅鉢屋《かしほんうめばちや》でございます！」

裏木戸から訪いを告げたせんは、ふと顔をあげて垣根の上から枝を伸ばすえごの木を見上げた。堀の氷はようやく溶けはじめたが、えごの可憐な白い花が咲き乱れるのは、まだまだ先のようだ。

せんが貸本を背負ってまわる得意先には、瓢箪成《ひょうたんな》りの池や築山《つきやま》をこしらえた美しい庭を楽しめる商家が多い。そのなかでも数寄屋町に軒を連ねる刃物屋「うぶけ八十亀《やとがめ》」の庭は、春になればえごに加えて見事な藤が咲き乱れる。家人が季節を慈しみ暮らしているのが、庭の木々から垣間見ることができた。

しばらくして潜戸《くぐりど》が開き、目つきの鋭い女中が顔を出す。せんを見るやいなや、途端に機嫌が悪くなった。

八十亀の惣領息子公之介《きみのすけ》は、日本橋界隈で名の知れた色男である。白皙《はくせき》で長身。町を歩けば、女たちはみな公之介から漂う匂い袋に鼻を動かす。

若旦那が本好きなのはせんにとってありがたいが、女中たちが不愛想なのも若旦那の道楽のせいである。

この店の年ごろの女たちは、みな若旦那のお手付きだ。若旦那はいったん本に読み耽りはじめるとなにも目に入らなくなる。そうなると閨《ねや》に呼ばれなくなる上に、貸本屋が女となれば、やっかみの的になるのも仕方のないことだ。

うぶけという屋号どおり、ここは毛抜きや鋏《はさみ》がたいそう評判の店で、芸者のみならず武家の奥方らから重宝されている。もとは御徒町で刀工だった初代がはじめた刃物屋であったが、泰平の世となり包丁や鋏を売りはじめたところ、江戸の土産としてもてはやされるようになった。先代が数寄屋町に店を移すとさらに繁盛したのである。

公之介はその大店の六代目。店の差配をつけるため日々精進している、とおもいきや、若旦那の評判は見目と裏腹に芳《かんば》しいものではない。

商いには全く興味がなく、あちこちの書肆に足を運んで本を読み漁り、怪しげな読書会に参加して、はては自分を戯作者だとうそぶく始末。吉原通いくらいなら咎めぬ八十亀の五代目八兵衛《はちべえ》も、どこの馬ともしれない連中と遊び呆けられては、ご先祖さまに申し開きのしようがないと怒り心頭だという。

だから嫁取りの話も進まない。八兵衛は、「本道楽と女遊びに目くじら立てぬ奇特な娘はおらんものか」と商売仲間に愚痴をこぼしているらしい。すでに息子は切れない錆びた鋏で、まだ見ぬ孫の切れ味に身代《しんだい》を任せるつもりなのだ。

母屋の台所は昼餉の支度中で、年老いた飯炊き女が、せんにそっと寒玉子をひとつ寄こした。年明けのころに取れた鶏の卵は疲れた躰に良い。ずいぶんと日持ちがするが、そろそろ春の陽気になり中身が怖い。家主らには出せないから持っていきなと小声でささやいた。

「もうあったかくなってきたでなあ、最後の滋養だよお」

ありがたく受け取り、袂に忍ばせる。かわりに古くなって処分するつもりだった素人蔵板の本を渡すと、老婆は嬉しそうに受けとった。

「いつも悪いねえ、貸本屋。こいつはくたびれた躰によう効くんだわ」

「お互いさまだよ。どうせ誰も読まない日記みたいなもんだ」

どこかの御隠居が書き残したらしいが、梅鉢屋を開いて五年、一度も貸し出されたことはない。

しばらくして、髷《まげ》を結いなおし身ぎれいになった公之介が台所にやってきて、相好をくずした。

「中三日とはまどろっこしいことだねえ。毎日でも寄っていけばいいだろうに」

「ありがとうございます。若旦那が好みそうな俳諧集をいくつかまとめてきましたよ」

せんは上がり口の板間に本を広げはじめた。

「今日は奥に並べておくれ。ゆっくり話をしたい気分さ」

「へえ」

女たちのじっとりとした目線を受けながら、本を抱えて土間をあがり、書斎を兼ねた奥座敷に入る。文机には書きかけの戯作やら、袖に放られた付文の束が散乱していた。

「どうだい、梅せん。あの話、考えてくれたかい」
・いずれ店を持つならば世話をしようと持ち掛けられているのだ。
「うまい話に乗ると、どうにもあとが怖いもんです」

「ナニサ、ナニサ。おなごはねだって世を渡っていくもんなのに」

この若旦那はいつも至極丁寧な口調だが、口から漏れ出る言のはしばしに、苦労無しで甘やかされたいけずうずうしさを感じる。

(妾が欲しけりゃあ、まず身を固めなってんだ)

道楽息子は親の金で女に店を持たせることが男の一番の甲斐性で、女にとっても幸せだと信じ切っている。

顔はいい。近ごろせんが贔屓にしている紀伊國屋の役者絵によく似ていた。本をめくる伏せた目は涼やかで、黙ってむかいあっているだけなら文句のない上客である。

公之介が本を吟味している間、せんは貸し出していた本をめくって傷みや破れがないかを検める。客の中には丁を破る者や、余計な絵をかき込む厄介な者がいるのだ。公之介は綺麗に読むが、たまに写本をしたためているのだろう、墨がてんてんと落ちていることがある。

入れ替わりに風呂敷に包んだ本の束から何冊か見繕い、若旦那好みをずらりと並べた。

「まだ表は寒いだろ。吉原に登楼するにはちょいと足元が冷えちまうし、こんな時は本でも読みながら、のんびり下り酒でも傾けたい」

「気楽に読みたいなら、先の春に出た小枝繁《さえだしげる》の『柳の糸』はどうでしょうか。馬琴が好きな若旦那でしたら、面白く読めると思いますよ。ちょいと小粒な馬琴といった風ではありますが」

いつもなら嬉々として稗史や句集を選んでいく公之介だが、どことなく心ここにあらずという様子で、ぼんやりと『柳の糸』をめくりながら生返事を紙面におとしている。

「どこか具合でもよろしくないので？」

「んん？　いや、ちょいとねえ……」

そういえば、いつもつやつやとしている額あたりがかさついているし、すこしやせた風でもある。せんを相手に妾にならぬかと誘ってくるいつものおどけ話も、どことなく張りあいがない。

「どういたしました？　好いたおなごでもできましたか？」

みるみる若旦那の顔に喜色が浮かんだ。公之介はぱんと着物の裾を伸ばしながらせんににじり寄る。

「よくわかったねえ。これが世にいう恋煩いだ」

「あらま、若旦那の心を虚ろにしたのはどこの娘さんです？」

せんは背を伸ばした。大店の嫁取りに係わる大事。ときに貸本屋は、客の奥深くに入りこむこともある。

「うちが目黒で刀屋として商いを始めたのは知っているかい？」

「たしか大猷院さま（三代将軍家光）が家臣へ下賜される御拝領の刀を、八十亀がご献上されていたとか」

いつだったか、当主の八兵衛から『和漢朗詠集』を請われて貸し付けたことがある。そのとき、店の成り立ちや道楽惣領息子の愚痴を長々と聞かされた。

「店の屋根についている隅櫓《すみやぐら》を見たことがあるかい？」

隅櫓というのは、城の曲輪《くるわ》や堀の角に面した城郭の屋根に作られる櫓のことだ。このあたり、とくに将軍が徳川家菩提寺である増上寺へ御成りになる道沿いに、隅櫓を構えるお店《たな》が並んでいる。

八十亀は大通りに面した角屋敷で、由緒も家格も優れた大店だ。白漆喰の重厚な壁と、本瓦葺きの反り返った黒光りした屋根が絢爛に輝き、往来する人々を見据えている。

「うちのものは、大猷院さまご生誕の年でもある『甲辰《きのえたつ》隅櫓』との銘を直々に頂いたほどの、由緒ある櫓なのだ」

商いを広げるため甲の方角にあたる日本橋に店を移してからも、八十亀の者は、目黒の地を吉とする家訓があるという。

「我が家の嫁取りもしかり。母上は元はといえば亀戸に里を持っていたが、父に見染められて目黒の商家へ養女に下ってから嫁いできた。もしおせんが浅草ではなく、行人坂あたりで暮らしていたら、八十亀の女将になっていたかもしれないねえ」

「残念でございます」

「その吉の地で、あたしはあるおなごと出会った」

一年ほど前から、公之介は某学問所が開く読書会に時折顔を出すようになっていた。場所はたいてい方々の料理屋の一室でおこなわれた。女遊びに飽きがきて暇つぶしに顔を出したら、これがめっぽう面白い。大店の旦那や武家の厄介おじ、医者や木戸番の番太郎まで、あらゆる家格の者らが車座になり、本の中身を語りあうのが面白く嵌《はま》ったのだ。

年が明けた正月三日、その学問所がひらいた読書会に参会したときのこと。会場は中目黒町。「竹膳《ちくぜん》」という老舗の料理屋だ。

春のめでたさに徳利が進み、不覚にも酔い潰れてしまった。夜が明けて目が覚めたが、着物は酒臭く料理の滲みまでこびりついている。こんな形《なり》では町を歩けないと、駕籠《かご》を寄こすよう女中を呼んだ。

女中は着物の汚れを見るなり、すぐに洗い落とせますよと微笑み、待つ間の朝餉まで支度してくれた。いま何時《なんどき》だと尋ねると、「辰の刻（午前八時頃）です」という。目黒にある料理屋で、辰の刻に出会った娘が、竹膳の娘お松であった。

「まるで絵から抜け出したような、菩薩と見まがうおなごで、鈴木春信《はるのぶ》の美人画そのものだった」

年のころは公之介とおなじ二十とすこし。すぐお松に声をかけたが、色よい返事はもらえなかったらしい。

「若旦那は甲斐性はともかく、見目はよろしいのに。そのおなごはよっぽどの面食いでございますねえ」

「うむ。実はなあ。眉が生えそろっておらぬ」

つまり、出戻りということだ。それなら簡単に男になびくことはない。お松は若くして芝日陰町の茶問屋「駿河屋」に嫁いだが、夫に先立たれ寡婦となった。子はおらず家を出され、いまは生家の料理屋を手伝いながら、つつましく暮らしているらしい。

公之介は以前より頻繁に竹膳へ通いはじめた。何度声をかけてもつれないので、とうと店の主人であるお松の兄に金を包み、お松を座敷に連れてまいれと頼みこんだ。酌はしてくれたが、色よい返事はもらえぬまま、すでに二月《ふたつき》が経っている。

「そのように麗しい御器量なら、すでに主持ちではありませんか？」

「いや。うちのものに調べさせたが、男の影はない。少々厄介な来し方ではあるが、一度好いちまったのを無しにはできない。お松はね、ちょいと陰があっていい具合の艶があるのサ。なのにこのあたしに決してなびいてくれない。このあたしに！」

「追えば追うほど想いは募るというわけですか」

「ほれ、春信の美人絵だけ増えていく」

身をよじって書物棚の引き出しを開けると、錦絵が幾枚も収まっている。役者絵に熱を上げる町娘のように、春信の美人絵をながめて、お松への想いを募らせているのだ。

「大旦那さまはなんと？」

商家子女の結婚は、店同士の縁を取り持つ手段のひとつである。

「はじめは良い顔はしなかったが、あたしが真から好いた女ができたと申せば、お父っつぁんは道楽息子がじっくり腰を据えるなら、と耳を貸してくれてねえ。お松の実家は目黒にあり、あたしがお松を呼んだ刻《とき》が辰の刻と知ったとたん、これは良縁だ、一度会わせろというのサ」

こういうところが大店の器量の見せ所だ。嫁取りで身代が左右されるような商いはしていないという矜持が、八十亀の大旦那にはあるのだろう。さすが櫓屋敷の主である。

「あとはお松さんの心を摑むだけですね」

「それが、そう簡単にはいかないのサ。あたしのことはまんざらでもないようではあるのだが……」

　さほど難しい話ではない。

　おせんは陽の高くなった障子戸の外をながめた。どうやら公之介の惚気《のろけ》につきあわされただけのようだ。お暇しますと声をかけようとしたとき、公之介がぐっと顔を寄せていった。

「梅せん、『雲隠《くもがくれ》』という本を知っているかい」

「え？」

　浮かしかけた腰を止め、すぐに座り直した。

「『雲隠』……分かるだろう？　貸本を営むおまえさんなら」

「いったいどういうことです？」

「お松は、それを探し出してくれたら、一緒になってもよいというんだよ」

「冗談いわないでくださいな。源氏物語の『雲隠』のことをおっしゃるなら、どだい無理な話ですよ。あれはこの世にあるかどうかもわからぬ幻の帖ですから」

「あたしだってそれくらいは知っているよ。これは体よくお松に袖にされたとしょげたんだ。でも、ちょいと話は違っていてね……」

日はすっかり高くなり、石町の九ツ（正午）の鐘が鳴った。

店を出るとき、女中たちが陰摩羅鬼《おんもらき》を見る武者のごとくせんを睨みつけてきた。若旦那が懸想する女の話は、とっくに店の女たちの耳に入っているのだろう。ふだんよりもねっとりとした悋気《りんき》に寒気を感じる。

若旦那の想い人、つまりは自分たちの恋敵でもあり、近いうちに仕えるかもしれぬ女が店の敷居をまたぐかどうかは、貸本梅鉢屋の仕事にかかっているのだ。

二

もうすぐ上巳《じょうし》の祝いだというのに、城下を歩けばまだからっ風がひどく吹き荒れる日がある。日本橋通油町に軒を連ねる本屋の店先では、本や錦絵がひどく煽られていた。低い陽が、「南場屋」と白抜きされた藍暖簾の隙をつき、平台に差しこんでいる。

「本が日焼けするよ」

暖簾をかき分け声をかけると、帳場で算盤をはじいていた主人の喜一郎《きいちろう》が、指先を動かしたまま老いた犬のような顔をあげ、すぐ肩を落とした。

「なんだ、おせんかい」

「親父さん。あたいは客だよ、お客さま」

せんが懇意にしている南場屋は、江戸の戯作者や絵師を多くかかえ、開板から販売までを手掛ける地本問屋である。探したい本があるとき、せんは江戸中の本屋や貸本仕入所を訪ねまわり、ときに同業の貸本屋に声をかけることもある。ただ、すでに絶板となったり、行方知れずになっている古い書物を見つけるのは難しい。

そんなとき、役に立つ男がひとりいた。

「親父さん、売子《うりこ》の隈八十《くまやそ》が顔を出したら、福井町《うちょう》に寄るように言付けを頼みたいんだけど」

「隈公かあ？　あいつなら二、三日前うちにきて、上の蔵を漁っていきやがったぜ」

喜一郎が天井を指さした。帳場の真上辺りにぽっかりと穴が開いている。

「まだこの辺りをうろついているだろうよ」

案の定、二、三軒の得意先を回るうち、すぐに隈八十の行方が知れた。住吉町で店じまいする古本屋があり、そこにもぐりこんでいるらしい。

「売子」は本をあつかう行商人だ。本屋が開板した本や版板、寺院などに眠る古書など、あらゆる書物を仕入れ、それを別の本屋へ売り歩いて利ザヤを稼ぐ。別名「世利子《せりこ》」とも呼ばれ、名が示すとおり、各地で行われている古本市に仕入れた本を出したり、市場の本を競り落としたりもする。

住吉町は、南場屋から入堀にそって橋をいくつか横目に眺めていけばすぐ辿り着く。岡場所が多い町だから白粉の香りが冷たい風に紛れ、そのぐっと奥に名物の毛抜鮓《けぬきずし》の匂いが紛れている。空いた腹を押さえながら、店を閉じた古本屋にたどりつくと、すでに暖簾を下ろした店奥から、威勢のよい男たちのがなり声が聞こえてきた。

どうやら競りが始まっているようだ。

ここは四年前の「芝の大火」で燃えた辺りだが、店は運よく焼け残ったため、古い板木や書物が多く残されている。店を切り盛りしていた主人は先の秋に病死し、残された妻子が商いに見切りをつけたらしい。確かに掘り出し物が多そうである。

十人余りの世利衆が囲んだ大きな机に、大量の本が山積みになっていた。いくつかの本の束には札がかかっている。

「なんだ、終わっちまったのかい」

せんは、人垣の後ろで首を伸ばすひとりの売子に声を掛けた。

「いんや、いまから上物一本立ちのフリでい」

「お、こりゃいいとこに出くわした」

せんは転がっている桶を逆さにして飛び乗り、輪の中心を見つめた。

ひとりが振り子となり、ひと山いくらと値をつけ、あるいは数冊ずつ手にとり場を仕切っていく。その山のなかに、光を放つ本があれば、それは「一本立ち」と呼ばれ、別格の競りとなるのだ。

一対一の相対取引よりはいい。世知辛く欲にまみれた売子に不当な安値を付けられて、店ごとタダ同然で明け渡すことになった遺族を多く知っている。競りならば、人気のある物は高値に、売れそうにないものは安値に落ちつく。付いた値が売り方、買い方両方に納得できる値になるから、せんは競りをながめるのが、歌舞伎見物に次いで好きである。

振り手の男が威勢よく声をあげた。

「次は一本立ち。市でもお目にかかれねえ代物。唐来参和《とうらいさんな》の黄表紙『書集芥《かきあつめあくた》の川ヽ《かわがわ》』の種本だ！　まがいもんじゃねえよ！　あいよー、あいよー！　ほれ、ちまちま端《はした》つけんじゃねえよ！　はい、懺悔堂がいい値を付けたぞ。こりゃあ店ごとあっこが持ってっちまうぞ。次はなんと、江戸でいっとう売れている戯作者の初版摺りだ」

「おう、曲亭かあ」

よくみれば、潰れた声の主はつるつる頭の隈八十だった。誰よりも身を乗り出して、ギョロ眼で本の良しあしを見定めている。声を上げて値を決めていくフリは、ゆっくりと座って札を回す競りに比べると見極めの速さが勝ち負けを決める。

「おいおい、蛸頭、よしておくれぇ！　おまいさん、むこう横丁で寝転がっていたのかい。江戸っ子はカタックルしい馬琴先生より、俠客三馬を待ってるんじゃねえか。これからは式亭一門の天下だよ。さあさあ、三馬の初の戯作『天道浮世出星操《てんどうきよのでづかい》』の初摺本だ！　あいよー、あいよー！」

一斉に世利子たちから熱気が吹き上がる。

一軒の本屋が潰れたが、こうしてまた書物や板木は新しい場で息づいていく。見目は悪い連中だが、六十余州の本の街道を作っているのは、こうした世利衆たちなのである。

店の中ががらんどうになったのは、日が暮れて、時季はずれの霙《みぞれ》が音を立てて降り出したころだった。

風呂敷に競り落とした本を詰めこみ、本屋を出てきてようやく、隈八十はせんに気づいた。

「よう、梅せん。いい掘り出し物があるぜ。わしと懇《ねんご》ろになれば、ぜんぶただで見せてやるよ」

「身代を全部うっちゃってもあんたには縋《すが》らないよ」

「つれねえことというなよ。どうせ本しか捨てるもんがねえくせに」

見れば見るほど悪相だ。一度見ると忘れないから、商人としては得な顔つきなのだろう。

連れ立って、河岸沿いの小さな居酒屋に寄った。

びしょ濡れの大荷物を背負った二人組に、茶くみ女が渋い顔をする。床几に寝転がるように身を預けた隈八十が、火鉢を引き寄せ火種を探った。袂から煙管を取り出し火皿を近づけ、ぱくりぱくりと喫《の》んでいく。せんも根付をぶら下げた煙草入れを出して、店の女に煙草盆を頼んだ。

「探してほしい本があるんだ」

「わしゃあ暇じゃねえんだ。あちこちの本屋から頼まれた半本探しに忙しいんだがなあ」

隈八十が胸をバンバンと叩く。懐には本屋から預かっている半本帖がいくつも押しこまれていた。本屋は自ら開いた本のほかに、多くの古書も扱うが、古いものだと揃本に足りない欠本が出がちだ。すると売れない。だから売子を使い、半端本を探している。お抱えの売子は、欠本の記された半本帖を預かり、別の本屋や古本市、はては農家の蔵まで出むいて探し歩いていた。

「で、探してるってのは？」

「源氏物語『雲隠』の帖」

隈八十の口から出る煙が一時止まった。再び吐き出されたときは、蛸坊主が大笑いをした時だった。

『源氏物語』は言わずと知れた、平安期に書かれた長編物語。

主人公の源氏の君が織りなす恋愛、政治権力闘争、栄華と没落。話の筋をわかりやすく書き直した類の本は梅鉢屋でも人気で、当世の読物に劣らず愛されている。

『雲隠』は、『幻』と『匂宮』の間に存在する帖として伝承されているが、本文を見た者はいない。古い回想録などに、『雲隠』なる帖があったと記されているだけで、実際の物語は書かれていないというのが定説である。

光源氏が妻の紫の上を亡くして失意にある『幻』と、八年がたち、源氏の息子たちの物語へと世代交代をする『匂宮』。その間にあったのが『雲隠』だというならば、描かれているのは源氏の君の死であろう。

「寝言はむこう横丁でいいやがれ」

「正しくは、『雲隠』の写本だ」

「おなじこったろう。そんなものありゃあ、わしは公方さまに献上して、この先左うちわで暮らしていけるわ」

写本は板木で摺られる本とは違い、人の手で正しく書き写し作られたものだから、当然元となった原本がある。

公之介の話では、写本をこしらえたのはお松の死んだ亭主だという。若いころから病弱な人だった。お松は男兄弟の末っ子で、ぜひ男子を生んでほしいと請われて嫁いだのである。その齢十七。料理屋と茶問屋、双方にとっても悪い縁談ではなかった。

当人同士は祝言で初めて顔をあわせ、ままごとのような生活だったそうだが、夫婦仲は睦まじかった。しかし嫁いで二年ほどで夫は他界してしまった。

跡取りを望んだ茶問屋夫妻はお松をさんざん詰《なじ》り、夫の形見をなにも寄こさず文字通り叩き出したのである。

お松は実家の店を手伝っているが、日に日に亡き夫への思いが募っていく。そこで離縁先に文を送り、どうか夫が遺した本を一冊でも、できたら最後にしたためていた写本を譲り受けたいと願い出たのだ。ところが、茶問屋夫婦は、息子が遺したものを見るのも悲しいと、すべてを沽却《こきゃく》したあとだった。

「一冊残らずか？」

猫背をぐいと伸ばしながら、隈八十がせんを睨みつけた。

「なんてこった。そんな旨い話があったのか。死んだ持ち主のもんなら、二束三文で買いたたけたってえのに」

身内が遺した大量の蔵書は、たいていの遺族にとってただの紙束にすぎない。

「で、その女が取り返したいのが、売られちまった『雲隠』だって？　胡散くせえなあ。だってその死んじまった亭主は、表に出歩けねえくれえ病が重かったんだろ？　いつどこで誰から、幻の本を手に入れたってんだ」

「茶問屋夫婦は息子にしごく甘くて、日本各地から本屋を寄こして、望まれるまま本を与えていたそうだ」

「やっぱり嘘くせえ。そんなどえらいもんが出回っているなら、わしの耳にも入っているはずだ」

「幻だもの。そうそう簡単に世には出ないだろ」

隈八十が鼻白むように、せんも若旦那の口から『雲隠』と聞かされたときは、偽物にちがいないと思った。

だが、日が経つにつれ、せんの夢に光源氏らしき色男が現れるようになる始末だ。川底から砂金を見つけることより難しい案件だが、この世は案外おかしなことが、ひょいと背中合わせに佇んでいるのではないだろうか。

その心持ちは隈八十もおなじらしく、躰が落ち着きなく動き、境目のわからない額には汗の球が浮かんでいる。

偽物には違いない。どう考えても、病の床にあった男の手に幻の本が渡るなどあるわけがない。

でも、もしかして。

博打で負けが越しても、次の一手で大儲けができるかもしれない。

隈八十はしばらく黙りこくって酒と鮓《すし》をつまんでいた。眉唾な話に乗るかどうか、考えあぐねているようだ。

せんはカンと煙管を盆に叩きつけた。

「あんたら売子は、本を山ごと買って宝を見つけるのが仕事だろ?」

「わしらが天下統一するくれえ、雲をつかむようなことだぜ」

「徳川を起こした大元の祖は坊主だったっていうじゃないか。あたいら町人にも機はあるんじゃないかい？」

「おめえ、世利衆よりも大風呂敷担いでいやがる」

ため息交じりに充血した目をぐるぐる回した隈八十だったが、やがて小声で、「おもしれえ」と呟き、湯飲みの中身を飲み干した。

三

料理屋「竹膳」は、中目黒町の行人坂の道沿いを進み、不動尊のまつられた瀧泉寺近くの門前町にあった。このあたりは四十年ほど前大火に見舞われた場所である。行人坂前の大円寺からあがった火は幾日も燃え続け、江戸城下を舐めるように焼き尽くしたという。いまは坂が連なる貸本屋泣かせの町であり、春の筍がめっぽう美味い町である。

屋号からして竹膳も、筍料理を出しているのだろう。まだ陽が高いのに数人の客が酒宴を開いているようで、二階からは景気のよい囃子が聞こえている。

暖簾をくぐると若い女将が出てきて笑みを浮かべた。

「お松さんでございますか？」

せんが訊ねると、若女将は首を振り、「松の義姉《あね》でございます」と、そっけなくこたえた。店はお松の兄夫婦が切り盛りしているらしい。

「松なら膳を片しております。なにか御用で？」

「数寄屋町の公之介さんの使いだと申せばわかると思います」

しばらくして、前掛け姿の細身の女が二階から下りてきた。若旦那がいうほどの美人とは思わなかったが、白い肌にぽっと赤い頰がつつましく、目の奥は凜とした麗しさがある。すでに眉は生えそろっていて、丸髷でなければ十七、八だと見まがうほどの水気があった。

せんがうぶけ八十亀から寄こされた貸本屋だと告げると、お松はああと目を見開いた。入り口に禿げ頭の人相の悪い男まで控えているので、戸惑いを見せている。

「この男は本探しの名人のようなもの。野良犬くらいに思ってくださればいい」

「はあ……」

「若旦那からあらましは聞いております。なんとも厄介な話なので、いちどお松さん本人から、本の出自について教えてもらいたいと思った次第で」

お松を訪ねる前に、うぶけ八十亀に立ち寄ってきた。公之介はますます恋の病に当てられたように呆けていた。

梅鉢屋が貸した『柳の糸』をぼんやり読んでいたが、あれは生まれ変わった夫婦が、不思議な縁によって再び好き合う物語である。死んだ夫を想い続けるお松にそれを重ね、さらに鬱々としてしまったようだった。

ふたりが通された奥間は女中たちの控えの間で、お松は店の娘であっても出戻りの後ろめたさから、ここで身支度などをしているようだった。

隈八十は女中部屋の中を落ち着きなく歩きまわり、壁に掛けられた小袖や帯の匂いを嗅ぎ、文机に積まれた草双紙を無遠慮にめくっている。お松は隈八十の躰から放たれる饐えた臭いを避けるよう、鼻根にしわを寄せていた。

「お松さん。『雲隠』って外題を見たというのは本当ですか？」

「はい。夫にどのような本なのかとたずねると、とても大事なものだから余所の者には見せてはならないと申し付けられました。私は本のことはとんと疎くて、それがこの世にない類だというのは、若旦那に聞いて知ったほどです」

「では、なぜいまになって、その『雲隠』だけをもらい受けたいと思ったのです？」

「え？」

どうしてそんなことを聞くのかといったふうに、お松は顔をあげた。

「だって、『雲隠』が稀覯本と知らなかったんでしょ？　価値があるとわかり、手元に置きたいと思ったんでしょうか？」

「あなた……人を好いたことはないのですか?あの人の手蹟《て》が、そこに残っているだけで私は嬉しいのです」

「そういうもんですか」

「そういうもんなんだぜ、梅せん」

隈八十が下卑た笑いを浮かべた。

すっと襖が開いた。年増の女中が渋い顔で部屋にやってきて、「お松さま、台所がまわらぬと若女将が呼んでおります」と遠慮がちに告げていった。

一度中座し、四半刻ほどして戻ってきたお松は、額から汗を流していた。

公之介から聞いた話では、すでに店は兄夫婦が代を継いでいるため、嫁ぎ先を失ったお松は、実家に戻ってからも厄介者扱いをされている。細い手指は給仕で傷だらけになっており、それを隠すように内側に折る様が不憫だった。

気の毒がられていると察したのか、お松は吐息を漏らした。

「お春……先ほど参った女中ですけどね、あれには悪いことをしました。私が幼いころから世話をしてくれた者で、婚礼付きで一緒に先方に参ったのです。あちらの家では私より苦労をかけてしまいました。子ができればあれの生き方も変わったのに」

夫に先立たれたお松は、しばらくの間嫁ぎ先の店を手伝っていた。しかし、一人息子を亡くしたふた親の悲しみは深かった。息子が死んだのは、お松が早く子を生《な》さず、父になる生きがいを持てなかったせいだと罵りはじめたのである。

そしてお松が嫁いで二年目の秋、離縁状を叩きつけられ嫁ぎ先をあとにしたのだった。

女中のお春も働き場がなくなり古巣に戻ってきた。共に肩身の狭い暮らしを送っているのだと、お松は語った。

「亡くなったご亭主は、病の床で写本を拵えていたそうですが、どのような表装でございました？」

「元になった本はようわかりませんが、仕上がったものは丹《たん》表紙の有りていの本でした。出入りの本屋が抱えていた職人に頼み、一冊だけ拵えたようです」

「経師屋《きょうじや》まで使って仕上げたのか」

ならば、のちのち誰が読んでもいいように、体裁を整えていたことになる。

「あんた、中身を読んだのか？」

隈八十が身を乗り出す。まるで山賊だな、とせんは隈八十の帯を引っ張って座らせる。

お松は袂で口元を覆ってうなずいた。

「本を読むのは不慣れで……おとぎ話くらいしか読んだことはありませんの。夫の本は拾い読みでしたが、最後まで目は通しました。どこかの御大臣が鬼門に入るというような話でしたわ」

去年の秋口、夫の一回忌法要が終わった頃に、お松は夫の『雲隠』を譲ってほしいと申し出た。しかし茶問屋に夫の蔵書は残っていなかった。

「お義父《とう》さまに売り先をたずねましたが教えてもらえず、いまさら譲るものなどなにもないと相手にしてもらえませんでした」

「大店が本を売り飛ばしたなど、外聞が悪いですからね。おい隈八十、心当たりはないのかい?」

「とっくに探ったさ。江戸中の売子、古本屋、書肆、好事家。しらみっつぶしに聞き歩いたが、本の売り先はまったくわからねえ」

江戸の外から流れてきた売子に沽却されていたら、どこに本が運ばれたのか追跡するのは難しくなる。

さらにせんには気になることがあった。いくら金を積まれたとしても、本に関わった経師屋が『雲隠』の写本を目の前にして黙っていられるものだろうか。隠し事は世に漏れ、日本中の書肆をひっくり返すほどの大騒ぎになっていたはずだ。

きっとその経師屋は、手掛けた『雲隠』を、偽物だと判断したのだ。

(嘘っこを探すなんて酔狂なはなしさ。だけど金鉱を掘り続けて、ほんの一寸先にでかい金塊があるかもしれないのに、ツルハシを置いちまう馬鹿はいないだろ)

結局この日はなんの手掛かりも得られなかった。長い坂を上り下りして日本橋に戻ったころには、すっかり日が暮れていた。

重い足を引きずりながら、ふと後ろを振りむくと、隈八十はいつの間にか闇の中に消えていて、代わりにみすぼらしい野良犬が一頭、舌を出して飯をくれとすり寄ってきた。

四

ここ数日、江戸はめっきり春めいて、浅草福井町の千太郎長屋にも、甘酸っぱい香りが漂いはじめた。

着物の裾を端折った差配人の忠右衛門が、朝っぱらから溝さらいをしている。冬は表店の小間物屋にこもりっきりだったが、ようやく虫とともに這い出してきたようだった。このあと床屋に行くが、そのまえに湯屋にいって月代《さかやき》をふやかしてこようかなどとひとり言を漏らしている。

「たしかに、桜餅が食べたくなる陽気だねえ」

家の前の縁台に座り、房楊枝で歯を磨きながらせんがつぶやくと、

「花より食い気かい、おまえは」

と、陽気な声が聞こえてきた。

「ほころび始めた花を見あげて、心寂しい気になったりしねえのかい」

笊《ざる》を担いで顔を出した登が、ため息をつきながら肩から天秤棒をおろす。登はせんの

古馴染みの青菜売りで、浅草や日本橋界隈を振り売りしてまわり、日銭を稼いでいる男だ。

「朝めし喰ったか？　今朝は野良坊菜あるぜ」

「そんな道端に生えている菜っ葉、誰が買うんだい。苦いし腹膨れないし面倒くさいし。やけっぱちで雑草を売りはじめたのかい」

「ここだけの話だがよ、紀伊國屋の澤村源之助が大好物だっていうぜ」

「ほんとうかい？」

せんが身を乗り出すと、登が意地悪な笑みを含んだ目をむけてくる。してやられたと登のすねを蹴飛ばしてやった。

「意地の悪い男だねえ、あんたは」

「こないだ絵草紙屋の前で、とろんとした面ぶらさげて役者絵をながめていたろう。おめえも女だったんだなあ」

「酒と本だけで女の艶《あだ》っぽさはあがらないだろ」

日が高くなり、むかいの棟に隠れていた日差しがせんの顔を照らした。

長屋の女たちが野菜を買いに集まってくると、途端に路地が騒々しくなる。

「懲りもせず青菜売りが討ち死にしに来たよ。けなげだねえ」

せんの隣の部屋で三人の子を育てるおたねが、笑いながら登とせんを交互に見やる。

「登、あんたこうしてよくみりゃあ悪い面構えじゃないのに、なんとも不甲斐ないというか、みすぼらしいというか。薄っちい胸板のせいかね、せんがなびかないのは」

　女たちから笑いが起こる。

「品だろうよ。おたねが高麗屋を贔屓にしているからって比べちゃあ、十年好いた女に袖にされている青菜売りが可哀想さ」

　女たちが好き放題言いながら登をからかい、いつものように役者談義がはじまった。

　部屋に戻って高荷を背負い出かけ支度を終えると、登も天秤棒を担いで表通りまでついてきた。

　柳原の土手に出て神田川沿いに目をやれば、砂ぼこりが舞う見通しのよい道の先に、よしず張りの見世が並んでいる。ちょうど往来する人が途切れていて、いつもより強い春風に乗った砂が舞い上がり、せんの顔にバチバチと当たった。

「そろそろお湿りが欲しいね。砂が髪に絡まって重くてしかたないよ」

「今年のお天道さんは気まぐれだ。おかげで春の菜っ葉が全滅さ」

「だから野良坊菜か。ほとんどタダ同然の値でしょうよ」

「いいんだよ。お天道さんの気が良けりゃ俺は儲かる。虫の居所が悪けりゃ、俺の酒のアテが一品なくなる。それだけのことさ」

「好きで貧乏しているんだよって？」

「あったりめえ。心して貧してやってんだ」

毎日安く新鮮に。青菜売り登の信条らしいが、このままずっと振り売りの稼ぎで病の父親を看病し続けることは難しかろう。とはいえさほど心配はしていない。口八丁手八丁なこの男はうまく世を渡っていくだろう。そして無駄に長生きしそうだ。

「登、もしあたいが死んで……」

「なんでえ、縁起でもねえ！」

「たとえばの話だよ。もし、あたいがぽっくり逝っちまってさ、うちの蔵書からなにか一冊を登の手元に置いとくことになったら、なにを持っていく？」

「おかしなこといいやがる。どうせまた厄介ごとに首突っこんでいるんだろう」

せんは八十亀の若旦那に降りかかった恋煩いにまつわる騒動を説いた。すると登は天秤棒を指先で弾きながら、憐れむような顔をせんにむけた。

「……八十亀の若旦那は、まず相談相手を間違えたな」

「あたいは恋路の面倒ごとに首突っこんでるわけじゃない。お松さんのご亭主が遺した写本探しを頼まれたんだ。惚れた腫れたは本探しには無用だろ。で、あたいが死んだら？」

「そうだなあ、おせんの日記でも読んで毎日笑い飛ばすかね。おめえのこった。生きている間は話のネタが尽きねえ暮らしをしているに決まってらあ」

青菜売りさん、と裏長屋から声がかかった。あいよ、と返事をして駆けだした登は、せんに振りむきざま、

「恥かきたくなきゃ、おせっかいばかりしねえで、百までしぶとく生きやがれ！」

と叫び、軽快に裏店へ駆けていった。

せんは賑やかな大通りをすり抜け、日本橋を渡り八丁堀を超えた先にある芝日陰町にむかった。お松の離縁先の茶問屋を訪ねるためだ。この辺りは昔から古書屋や質屋が多いので本を探すに便のいい街だが、せんはいつも立ち寄らず早足で通りすぎていた。お化け銀杏がおっかないのだ。

城がある方を右手に望みながら進めば、好き放題に伸びている銀杏の木に行きあたる。通称「お化け銀杏」とか、「内匠頭《たくみのかみ》涙銀杏」などと呼ばれる巨木である。

元禄のころ、銀杏の巨木が植えられていた田村家で、播州赤穂藩主浅野内匠頭が切腹を申し渡された。死の間際、浅野内匠頭は銀杏を恨みがましく見あげ死んでいったという。以来、気味悪がられて近寄る者がいなくなり、手入れをする者もないまま化け物のような樹となりはてたのだ。

辻番が大あくびをして、ちらとせんに目をむけたが、また口を開けてぼんやりとお化け銀杏を見あげている。鬱蒼とした枝ぶりに目をやらないよう、せんは足を急がせた。

茶問屋「駿河屋」を訪ねたが、思った通りなんの収穫も得られなかった。白髪交じり

の主人に蔵書のことを尋ねた途端、店の番頭が割りこんできて、店を追い立てられたのだ。

その翌日、隈八十がせんの家を訪ねてきた。処分された本の在処がわかったのだ。隈八十がむかったのは、駿河屋にほど近い増上寺近くの古道具屋だった。

「本屋じゃないのかい？」

「ここは御大名が貧したときよく使う古道具屋でなあ。物の良しあしなんぞ見もしねえ。売り方の足元見て屋敷ごとでも引き取る道具屋さ。そして口が堅い」

「なるほど。古本じゃなく不用品として売られたのか」

「日陰町界隈は昔っからお武家や大店と縁があるからなあ。古書屋は細かく検分するが、古道具屋なら中身を確かめずに蔵に押しこんでらあ」

題簽《だいせん》に記された『雲隠』を目にしたら、嘘ものでも本屋たちの口先に上ったはずである。それがないということは、質屋か古道具屋ではと目星をつけ、芝の界隈を片っ端からたずね歩いたという。

隈八十の勘は的中した。増上寺門前の裏通りにある小さな古道具屋の内蔵に、紐でくくったままの書籍が大量に見つかったのだ。

せんが二間間口の物のあふれかえった店に入ると、すでに上がり口に本の束が折り重なるように置かれていた。店番の老婆がちらと顔をあげ、本の束をあごでしゃくった。

「梅せん。婆さんの好意で、ここにある山、金三分で手を打ってくれるそうだ」

「馬鹿も休み休み言えってんだ！　あたいは売子とは違って山ごと買ったりしないんだよ。一冊一冊見極めて仕入れる貸本屋。どんぶり勘定なんぞしていないんだ」

「だが相場よりかなり安いぜ。それに本好きの旦那が手元に置いていたもんだ。『雲隠』は眉唾だが、とんでもねえ掘り出し物があるかもしれねえ。損はねえだろ」

「『雲隠』だけ探しだして買い取りはできないのかい？」

「婆さんが中を見せてくれねえ。いつ火事に遭って灰になっちまうかわからねえから、ちゃっちゃとまとめて片づけたいそうだ。わしらが買わねえなら屑紙屋に売るってよ」

だまって座る老婆は、我関せずといった風に鼻をかんでいる。

「隈八十はいいのかい？　宝の山だよ」

「わしゃあ、いい」

「さては、もう抜き取ったんじゃないだろうね」

睨みつけると、隈八十は泥棒扱いするなと歯をむき出しにして否定した。

「わしは誰かが先んじて関わっている仕事には、口を挟まねえって決めている。掠《かす》めるのは性に合わねえ。勝負は競りでつけるのが信条ヨ。そして、この山からは金の匂いがしねえ」

長く本を扱う勘なのだろう。

古道具屋から荷車を借りて長屋に本の山を運び終えたのは、神田川が西陽で真っ赤に染まりはじめたころだった。烏が野良ネコにちょっかいをかけ、そのあとを長屋の子らが追っている。そろそろ夕餉だと女房たちがさけんでいた。

蔵書の大半は、梅鉢屋の客が好まないような唐本や医書ばかりだった。しかも古道具屋の蔵に押しこまれていたせいで、疲れきってしまった難のある代物。隈八十がいうような掘り出し物は見当たらない。

せんは畳に寝転がって伸びをした。

腹を膨らませるために口に放った炒り豆が喉に詰まる。目頭がキリキリと痛くなってきて、しばらく本など読みたくないと嫌気がさしはじめたとき、横になりながらめくった年代物の大本の間から、薄い本が現れた。

夕暮れ色の本の題簽には、流暢な平がなで『くもがくれ』と書かれていた。

五

せんが公之介を伴ってお松に会いにいったのは、すでに上野の摺鉢山が桜落葉に色を変えはじめたころである。若旦那に、『雲隠』が見つかったことを伝えると、自らお松に本を届けたいと言いはった。

公之介はさっそく二挺の駕籠を呼ぶと、駕籠かきに銭を上乗せし、とにもかくにも急ぐようにとせっついた。

せんは駕籠など乗ることはないので、はじめは激しい揺れに参ったが、三田用水の河川敷を通りすぎるころには、道沿いに咲く真っ白なえごの花に目を奪われた。

桜は散りぎわが美しいが、えごは咲きはじめがいい。うつむきかげんに咲く花弁は、どことなく自信なげで、そっと手を差しのべたくなる。

公之介は竹善の上客だ。せんが隈八十と訪ねたときは、狭い奉公部屋で待たされたのに、今日は上等の座敷に通された。

しばらくしてお松が姿を見せたが、前会ったときにくらべると佇まいが違う。しっかりと紅をさし、八つ藤の模様があしらわれた薄桜色の小袖を身にまとう立ち姿は、たしかに鈴木春信の美人絵から抜け出したような、無垢と艶をないまぜにした謎めいた美しさを漂わせていた。

公之介は遠慮がちに膝をお松ににじり寄せた。

「お松さんが探していた本、この梅鉢屋が方々に手を尽くし探してくれたよ」

「……」

「だけど、あんたさんはやっぱり、前の亭主を忘れられないんだねえ」

肩を落とした公之介が、せんに目配せした。せんが袱紗《ふくさ》に包んでいた丹色の写本を差しだすと、お松がはっと息をのむのがわかった。

「これは世にいう、幻の帖『雲隠』ではございませんでした。ですが、お松さんが探していた本に間違いはないようですね」

この『くもがくれ』は、夫が妻へ残した恋文だ。たしかに源氏の君の死にゆく様が描かれているが、中身は亭主が自身を光源氏に投影して描いたまったくの作り話。病に伏せった源氏の君が、世に未練を残す姿が延々と記されていた。

紫の上を回想する場面では、うっかり「松の上」と記されていて、あとで慌てて書き直した痕もあった。身近な者にだけ見せる素人蔵板という類のものである。

せんの博打は惨敗だった。心づもりはしていたのに、丁をめくってすぐに口から大きな息が漏れ、「そうだろうよ！」と叫んで、畳にひっくり返ったのだ。

新しい読物として楽しめるのならまだよかったが、数丁めくって閉じる程度の出来である。

せんから本を受け取ったお松は、緊張した面持ちでそれをめくった。しまいまで目を通し、またくめくり、それを幾度もくり返す。

公之介は、お松にむかってさらににじり寄った。

「お松さんは、『柳の糸』という話を読んだことがあるかい？」

「いえ……」

「深い縁の中にある夫婦の物語サ」

ある猟師夫婦が没したのち、それぞれの塚に柳が植えられた。やがて夫は別の男に生まれ変わり、妻は柳の精となって卯木《うのき》という女に憑依する。そして再びふたりは見染めあい夫婦になった。

この「卯木」という女の名を組み合わせると「柳」になるのは、前世からの宿縁であり、因果によって結ばれているからだ。『柳の糸』は報恩譚であるが、男女の心の動きが細やかに描かれていて、傷心にあった公之介には大層染みたようだ。あれから二度、三度と借りては読み耽っていた。

公之介は話の筋を聞かせると、お松の手をとった。

「あたしはねえ、お松さん。やはり男と女には宿縁というものがあると信じているんだよ」

普段から書き物をしている公之介は、懐から矢立と紙を取り出して、「見ておいで」と得意げに筆を動かしはじめた。

「うちの屋号は『八十亀』、あたしの名は『公之介』ほら、合わせると『松』になる」

意外と男らしい手蹟である。

戸惑いを浮かべたままのお松は、しばらく半紙をながめて言った。

「なんとも奇遇でございますわ」

「だろう? これは前世から定められたあたしとお松さんとの縁なんだよ。これに気がついたときに、あたしの腹は決まったのさ」

奇遇に奇遇が重なっただけのことだが、根が楽にできている公之介は、すべて良い方向に捉えるめでたい男である。文字の掛け合わせだけで、しなびていた心を再燃させるこの力は、まさにお松への思慕からくるものなのだろう。

だが本を抱えたお松は、落ち着かない様子で、なにやら言いたげに喉を上下に動かしている。

やはりお松の心の内には、亡き夫が深く居座っているのだろう。せんは若旦那を不憫に思った。これほどの洒落者が心を尽くしても、手に入れられない女がいるのだ。死んだ男には勝てないということか。

「若旦那、ここはひとまずお暇しましょう。お松さんもゆっくり本に目を通したいでしょうから」

このさき公之介の想いが叶うかどうか、せんにはわからない。本当に前世の縁だけで男女の仲が成り立っているのなら、人はこのようなもどかしさから解放されるだろうに。

若旦那が後ろ髪をひかれる面持ちで立ちあがった、その時である。

「ああ! あった、あったわ!」

お松が本をめくる手を止め、甲高い声をあげた。

本の間から、はらりと一枚の紙が滑り落ちた。それは窓から吹きこんだ風に巻かれ、せんの足元に当たって落ちた。

「これは……離縁状？」

茶問屋「駿河屋」が、息子の病死により跡取りを望めなくなったため、お松を離縁するという内容である。俗にいう「三行半《みくだりはん》」というやつだ。

「なぜそんなところから？」

せんがお松の手にある本をのぞきこむと、終いの方の二枚が蛾の死骸で張りついていた。

離縁状はその間に挟まっていて、そこから滑り落ちたのだった。

お松は狼狽《うろた》えるように天井や窓格子に目をさまよわせてから、ようやく白状した。

「家を出されるとき、夫の作った本を眺め別れを惜しんでおりましたが、うっかり挟んでしまったようで……」

ずいぶん後になって『くもがくれ』に離縁状を挟ませたままだと気づいたが、この先どこかへ嫁ぐこともなかろうと、とくに困ることもなく過ごしていたのだ。

しかし、状況を一変させることが起こってしまった。

せんはお松のばつの悪そうな顔と、以前会ったときよりもめかしこんだ小袖姿を見て、合点がいった。

「お松さん、あんたちゃんと若旦那のことを好いていたんだね」

離縁状には離縁するワケに加えて、今後女がどこの誰と再婚しようが構わない、という文言が明記されている。つまり、この書状がないとお松はこの先別の男と一緒になることができない。公之介に求婚され、お松は慌てて『くもがくれ』を探しはじめたのだ。

お松は離縁状を手にしたまま、頬を染めてうなずいた。

出戻ったとはいえまだ二十歳《はたち》そこそこ。実家《さと》で身の狭い暮らしをしているときに、公之介のような色男に言い寄られて、なびかない娘がいるだろうか。

「若旦那は目黒の筍が好物で、先の春にも幾度か店に通ってくださっていました」

若旦那が一方的に好意を寄せていると思いきや、実はお松のほうも惚れていたらしい。

「なんと！　なぜもっと早く話してくれなかった。てっきりあたしは『竹取物語』のように、無理難題を吹っ掛けられて、とうとう月に去られてしまうものだとばかり思っていたよ」

公之介は腰が抜けたようにへなへなと座り込む。慌ててお松が駆け寄り、そっと手を取った。

「いま一度、相手方に離縁状を書いてもらうことはできなかったのですか？」

せんが訊ねると、お松は静かに首を横に振った。

「あちらの両親は、たったひとりの息子を亡くし、いまも失意の中にあります。幾年経ってもその悲しみは癒えません。いま一度、息子が死んだと文言に書かせてしまうのは忍びないではありませんか」

たしかに、せんが駿河屋を訪ねた際も、主人は息子とお松の名を耳にしただけで顔をしかめて奥に下がってしまった。

「もう諦めようと思ったとき、若旦那の元に通ってくる貸本屋さんが、お節介で人の厄介ごとに首を突っこむ面白い方だとうかがっていたので、もしかして力になってくれるのではないかと、望みを託したのでございます」

ぎこちなく手を取りあう若いふたりを前に、せんはあっけにとられた。

「じゃあ、なにかい。ふたりの仲を取り成すために、あたいは得にもならぬ本の山を買うため三分も散財したっていうのか！」

ありもしないものに夢を抱いた自分が間抜けなのだが、はじめから結ばれる縁のあったふたりの幸せに比べれば、なんとも損な役回りではないか。

するとと若旦那が、いかにも苦労知らずの道楽息子然として笑ってみせた。

「ナニサ、そんなはした金。次に見料を払うとき、こころざし代わりにドンと上乗せしてあげるよ」

「……若旦那、ちょいと思い違いをしておりました。一両と三分だったかもしれません」

部屋の外からすすり泣く声が聞こえてきた。せんが襖を開けると、お春が袂を目元に当てている。

お松の手をとっていた若旦那は、喜色を顔いっぱいに浮かべて、すぐにでも兄夫婦にひとこと挨拶をしたいと言いだし、あたふたするお春に案内させて部屋を出ていった。

「ところでお松さん、その『くもがくれ』はどうします？　よかったらうちで引き取りましょうか」

「いいえ。嫁入り道具に忍ばせます。前の夫を愛しく思い過ごしたのは嘘ではありませんし、あの若旦那のことです。いずれまた余所のおなごにうつつを抜かすやもしれません。そうならぬよう、時折これを眺めてヤキモチを妬かせます」

誰も読まないような素人蔵板も、深い想いが綴られていれば遺された者の心を癒す立派な読物。はたまた、使いようでは色恋の武器にもなるらしい。

部屋を出ると店の客はまだまばらで、廊下の奥にある台所から米を炊《かし》ぐ音と、筍を蒸す香りが漂ってくる。

（やれやれ、恋も筍も手間がかかるもんだね）

物語みたいに前世の縁で結ばれると決まっているなら、男女の諍《いさか》いや駆け引きなどはこの世から消えてなくなるだろう。

だが宿命なんてものだけで人を好きになるというのもいただけない。人はやはり今の生にあって決着がつくようにできているものだ。

（だって隈八十の本名はたしか公太。お松さんの糸の先は、あの蛸坊主だったかもしれ

ないよ）

せんはいたずら心でお松に知らせてやろうかと迷って口をつぐんだことを、胸の奥にしまった。このことは家に帰ったら日記にしたため、いつか登が読んで大笑いをしてくれるのを楽しみにしよう。

通りに出るといつもより鼻をつく磯の香りがした。お天道さまがそろそろ江戸を湿らせてやろうと手ぐすね引いている気配だろうか。梅雨はもうすぐ。貸本屋には面倒な季節だが、せんは雨にけぶる江戸の町が嫌いではない。

（帰ったら梅雨支度でもするか。まず買い取った本を紙魚《しみ》抜きしなきゃね）

長い坂を眺めて気合を入れなおし、せんは恋の花が咲き乱れる中目黒をあとにした。

第五話　火付け

ちかごろ、浅草界隈の男たちの間で、「門跡《もんぜき》さん詣」が話題になっている。仕事帰りに手をあわせにいこうとか、嬶《かかあ》の目を盗んで参詣しようとか、顔を上気させて口々に語る。それはそれは篤《あつ》い信仰心の持ち主が、江戸にはたむろしているようだった。

御蔵前の茶屋で、団子をほおばっていた上方訛りの行商人などは、

「東照大権現が勧請《かんじょう》した由緒あるお寺さんですか。みなさん、御信心ですなあ」

と、江戸っ子の信心深さに感心している。

すると、まわりの客たちが、体をゆすって笑いだした。

「俺たちゃあ寺に参っているわけじゃねえ。実はな、『桂屋《かつらや》』って吉原の妓楼が、東本願寺の門前にあるのさ」

ひとりの魚売りが、人懐こい笑みを浮かべていった。

「妙な話やおまへんか。吉原の見世《みせ》が浅草の町中にあるやなんて」

「ところがなあ、あちらさんから大門の外にお出ましなのさ」

三月《みつき》前、吉原で火事騒ぎがあった。火元は吉原角町《すみちょう》羅生門河岸沿いの空き家で、周囲にあった数軒の妓楼が焼け落ちた。幸い死人《しにびと》は出なかったが、桂屋を含む数軒の見世が営業できなくなったのである。

いくつかの見世は深川あたりに仮宅を構えたが、桂屋は東本願寺近くに越して、高張提灯を掲げたのだった。

焼けた妓楼は、再建するまで吉原外に仮宅を構えることができる。しかもその間は、御公儀《おかみ》に冥加金《みょうがきん》を納めなくてよいとされていた。そこにきて吉原に通うのを面倒がる新しい客までついた。

冬の火事は、妓楼にとって、まさに「恵みの火」だったのである。

「あんた薬扱っているなら『大火丸』っちゅう丸薬知らねえか」

「聞いたことおまへんなあ。江戸で売り出された薬でっか?」

「へへ、困窮妙薬といってな。古鉄買いによし。材木屋によし。囚人によし。借銭多き人によし」

火事によって恩恵を受けることを、薬の効能に見立てた戯言《ざれごと》である。それほど江戸には火事が頻発しているのだった。

「もう一丁、吉原の亡八《ぼうはち》によし、ってなぐあいさ」

「江戸の輩《やから》は火事を楽しんどる。ああ、恐ろしいこっちゃ」

「風が吹きゃあぽっと火があがるんだ。いちいちしょぼくれてちゃやっていけねえ」

「うちも桂屋さんのおかげでこのとおり大繁盛よ。鼻の下を伸ばした男だらけでね」

団子のお代わりをもってきた女中がカラカラと笑った。行商人の鼻の下もつきたての餅くらい伸びている。

「こりゃあ是非とも『門跡さん詣』せんとなあ。ついでに、薬も売りこんでみよか」

「江戸の女は気が強くてくせになるぜ」

振り売りは気前よく旅人の分も茶代を払うと、鯵《あじ》が入った天秤棒を担いだ。そして雨の降り出した大通りに、威勢よく駆け出していった。

一

五月の節句も過ぎ、磯の香りをふくんだ南風が吹きはじめた。このところ江戸の空は気まぐれで、きのうはからりと晴れていたのに、今朝は小糠雨《こぬかあめ》が城下を湿らせている。

雨は嫌いではないが、長雨になると梅鉢屋の仕事が滞ってしまう。

出歩けないならばと、長屋にこもって目録作りと本の整理に取りかかっているせんだが、一冊手に取るたびにぺらりとめくり、風景画を見つけては、絵に描かれたふたり連れに想いをはせる、といった風だからはかどらない。山積みの蔵書は、結局右から左へ場所を変えただけだった。

とりあえず、紙魚《しみ》に喰われた本を手にとり、綴じ糸をはずす。本の背から入り込む紙魚は、綴じ代にこっそり隠れているものだ。案の定、数冊の本がひどく傷んでいた。その中の一冊は、貴重な一番摺りの艶本である。

版元が新しい本を開くとき、五冊程度の試し摺りをするのが決まり事だ。これを「一番摺り」といい、二冊は奉行所に届けて吟味を受け、残りは彫りの見本にしたり、社《やしろ》へ奉納したりする。

彫師だったせんの父平治は、生前、手元に多くの一番摺りを置いていた。一番摺りは薄墨で摺る習わしがあり、本摺りに比べて字画の良し悪しが判別しやすい。父は彫りの出来を確かめるため、版元から取り寄せていたのだ。

せんは、ひたすら板木を彫る父の背を見て育った。

「後れ毛平治」と称された腕前は、江戸で一、二を争うほどで、桜の木を削る音と息遣いは一切乱れることがなかった。

ときに平治から、開板前の読本の筋をこっそり耳打ちされたりすると、幾日も物語の世界から抜けだせず、家の手伝いがおろそかになったものだ。

母は書見より針仕事を覚えてもらいたいと、小言の多い女《ひと》だったが、読み書きが同じ年ごろの子より出来が良いと聞けば、苦笑いをしながら褒めてくれた。

そんな平治が、誰も寄せつけないほど気を張り取り組んだ板がある。

父が手掛けた最後の読本『倡門外妓譚《しょうもんがいぎたん》』。

江戸に見まごう神代の世に紛れ込んだ若武者が、悪神を成敗していく勧善懲悪物で、幕政批判とも読み取れる傑作だった。

本屋の仲間うちで前評判が高く、その売り出しが待たれたが、異説・流言を取り締まる奉行所の逆鱗に触れ、絶板を命じられた。版元と戯作者は行方をくらまし、彫師、摺師など、かかわりを疑われた職人たちが、寛政の御改革による出版統制によって、次々に重い刑罰を受けたのである。

平治もせんの目の前で板木を削られ指を折られた。

生きるかいを失った平治は酒におぼれ、愛想をつかした母は、若い男を作って家を出てしまった。そして板木削りから四年後、せんが十二歳のときに、平治は鑿《のみ》を持つことなく、川に身を投げ自死してしまったのである。

ただ板を彫っただけの父が、なぜ死なねばならなかったのか。その問いにこたえてくれる大人は、せんの周りにいなかった。唯一理解できたのは、「板木削り落とし」という刑罰が、平治の心と命を削ったということだ。

父は死の間際、禁書の一番摺りをせんに遺した。陽にかざせば字が紙に溶けこむほどに薄い仕上がりの見事な摺りだった。

天涯孤独になったせんは、父の知己だった南場屋喜一郎や、長屋の住人らに助けられながら、どうにか貸本屋として独り立ちすることができたのだった。

ただ、ふた親を奪った絶板騒動は、いまもせんの胸のうちに不信の火種となりくすぶったままだ。

喜一郎からは、「恨みつらみで本を売るな」と言われているが、平治の慟哭を頭から消し去ることなど無理なこと。町を歩けば役人をつい睨みつけてしまう。

そもそも本屋と御公儀《おかみ》は水と油。生来相容れぬ間柄だ。

一方で、世を乱すと断じられながら、奉行所とうまく渡りあう者たちがいる。

吉原遊郭だ。

天正十八年、徳川家康が入城したころの江戸といえば、塩水と泥に覆われた僻村であった。幕府は町を発展させるため方々から職人や商人を募ったが、その男たちを相手にする多くの商売女たちも、江戸に流れてきた。

ほどなくして、散在していた女郎屋は一か所に集められ、御公儀から葺屋町《ふきやちよう》に二丁四方の土地を下付された。その後、浅草日本堤《にほんづつみ》への移転を命じられ、やがて一晩で千両の金が落ちる不夜城吉原へと繁栄を遂げたのである。

午過《ひるす》ぎに、ようやく雨があがった。貸本を風呂敷に包んでいると、薄い壁越しに、おたねの癇癪が聞こえてきた。

「このばか亭主！　そんなごま塩頭あばた面で、また桂屋かい？　へらへら笑いやがって、コンチクショー」

おたねの亭主は通いの左官だ。貸本屋同様、雨が降ると仕事が滞る。だから今日は朝から酒を飲み惰眠をむさぼっているのだ。しかも東本願寺近くで仮宅を構える話題の妓楼へ、女房の目を盗んでは仕事仲間と繰り出しているらしい。

傾城吉原は、長屋の女房らの疎ましい敵《かたき》だが、商売人にとっては欠くことのできない商いの相手でもある。

せんは女主であるから、吉原の大門をくぐって商売することは叶わない。だが、門跡さまの門前町なら大手を振って出入りできる。二月《ふたつき》ほど前から、「桂屋」の仮宅に、貸本を置かせてもらっていた。登が青菜を納めており、伝手《つて》で梅鉢屋も出入りするようになったのだ。

阿部川町の脇を流れる堀を抜けると、真宗本廟東本願寺である。桂屋はその門前の一角に籬《まがき》を構えていた。

廓の中では中流の小見世だが、こうして浅草の町にあると、鮮やかな花が咲いたように人目を引く。

「まいどお、和漢貸本梅鉢屋でございます」

丹念に磨かれた上がり口に、草双紙や錦絵を広げていると、二階の寄場で身体を休めていた女たちが賑やかに駆けおりてきた。

「今日もいい男連れてきたかい？」

女郎たちが好むのは、いまをときめく役者の錦絵だ。『澤村源之助の阿部保名《あべのやすな》』『松本幸四郎の阿波の十郎兵衛』など、美丈夫を揃えれば大層喜ぶ。

絵を眺める女たちの相手をしながら、帳面に借り人と品名を書き入れる。すると幼顔の女郎がおずおずと絵を差し出してきた。

「ごめんよ、梅鉢屋。借りてた絵、破いちまった」

どうやら床に放っておいて、誰かに踏まれたようである。

「小千代が悪いんだよ。あいつが踏んづけたんだ！」

「ちゃんと片づけておかない初音《はつね》が悪いんだろ？」

言いあう女たちを見まわしたせんは、首をかしげた。

「小千代さんはいないようだね」

帳面を確かめると、小千代というお針の娘から、本を一冊返してもらうことになっていた。

女郎たちが顔を寄せあい、ひそひそと囁いている。

「いないよ」

番頭新造の玉緒という年増女が、本をめくりながら口を開いた。

「足抜けしたのさ」

「なんだって?」

小千代が逃げたのは、五月の節句の朝だという。店から若い者や掛け廻りが差しむけられているが、いまだ見つかっていない。

「なにがあったんだい?」

「親父さまから客を取れと命じられたのさ」

小千代は十二のときにふた親が借金を残し病死してしまい、お針として桂屋に身売りされた。実家が仕立屋を営んでいたおかげで、年の割に器用に針を扱うことができる娘だった。

だが、火事で仮宅に移ったころ、小千代は主人の善十郎から、張り見世に出るよう命じられた。知らぬ間に、借財が年季内に返済できない額に膨れあがっていたのである。

そんなことがまかり通るなら、どの女郎も際限なく働かされることになる。

小千代は、針仕事しか頭にないおとなしい娘だったが、そのときばかりは、血相を変えて主人にたてつき、手下たちからひどい折檻を受けたという。

表通りから、耳障りな笑い声が聞こえてきた。

玉緒は手にしていた本を勢いよく閉じると、明るい表通りに目をやり、小さく舌打ちした。

桂屋に雇われている若い者たちが、見世の前で始終うろついている。腹掛け股引き、黒襟の広袖に下馬姿。揚げ代を払えなかった客をしつこく追い回す破落戸《ごろつき》だ。

彼らを束ねているのが、掛け取りの藤吉である。

「あの連中から、どうやって逃げおおせたんだい？」

「鯵売りに成りすましたのさ」

初音が、土間の奥に続く台所を指差した。

節句の日、居続けの客は早々に引きあげ、見世はいっときの休息を迎えていた。藤吉たちが朝湯に出かけているところに、顔見知りの鯵売りがやってきた。

小千代の腹は決まっていたのだろう。

気を許した鯵売りを薪で殴りつけ、目を回しているすきに身ぐるみを剝いでしまった。初音が借りていた錦絵を小千代が破いたのは、寄場に私物を取りに戻ったときのようである。

小千代は身の回りのものをちゃっかり風呂敷に詰めこんで、あっけにとられる女郎たちを振り切り、とうとう桂屋を逃げ出したのだった。

とばっちりを受けた鯵売りは、藤吉に容赦なく叩きのめされた。小千代も捕まれば、爪剝ぎなどのおぞましい私刑を受けるにちがいない。

せんは帳面に目を落とした。

節句の前、小千代に貸していたのは、式亭三馬の『両禿対仇討《ふたりかぶろついのあだうち》』の写本だ。三馬自ら「絵入かなばかりの読本まがい合巻」と称し、これまで挿絵に添えていた文句を、本文のみの丁に任せた中本型読本である。七五調の地の文と文句によって、絵や書入れがなくとも、頭の中で浄瑠璃見物をしている気になるので、客から人気のある貸本のひとつだった。

小千代に貸したものは、貸本用としてせんが拵えた写本だから、本としての値打ちはほとんどない。しかし……。

「事情はわかった。だけど日延べ見料はきっちり頂かないとね」

せんが呟くと、役者絵を見ていた初音が顔を顰《しか》めてあとずさった。

「やっぱり閻魔さんだ！」

「閻魔？」

「青菜売りが竈のじいさんと話していたんだよ。梅鉢屋は本を日延べすると、おっかない形相で、地獄の果てまで追いかけるって。わっちは鬼は嫌い」

この辺りで屁より軽い口の青物屋といえば、あの男しかいない。

「登め。あとで髷《まげ》をちょん切る私刑にかけてやる」

せんがむくれてみせると、玉緒たちはようやくからからと笑った。

二

浅草寺の雷門をくぐり、仲見世通りに茂る大きな樹の影を踏みながら進んでいくと、朱色の宝蔵門が現れる。門の両脇から睨みを利かせる二体の仁王像には、参詣客が願いをしたためた紙が貼りついていた。

気ままにえさをついばんでいる鳩を踏みそうになる。浅草寺の鳩たちも、人々の願いを仏にそっと耳打ちしてくれる使者とされる。

母に捨てられたとき、父が鑿を捨てたとき、せんは毎日ここで鳩に話しかけていた。だが三人で暮らした幸せなときは戻らず、幼いせんの願いは叶うことはなかった。せんから願いを託された鳩は、要領が悪すぎて、まだ仏の前で順を待っているだけかもしれない。

鳩を避けながら雷門へ戻りかけたとき、どすの利いたどなり声と悲鳴が聞こえてきた。平内堂の脇で手代風の男が桂屋の藤吉らに囲まれ、袋叩きにあっている。揚げ代が払えず、付け馬からも逃げたところを捕らえられたようだ。

藤吉は油断なく眼をあたりに光らせながら、足元に転がる角材を手に取り、男の下腹をしたたかに打ちつけた。男は口から血の塊を吐き崩れ落ちる。両脇に立つ手下ふたりが、逃げ出そうとする男を摑み引っ張り上げた。

無表情の藤吉が、材木の角を血が溢れる口に押しつけ捻じる。とうとう男は白目を剝いて失神した。身ぐるみを剝がされた男は、両脇を抱えられて、何処かへと連れていかれたのである。

せんは石灯籠の陰にそっと身を寄せ、聞き耳をたてた。

藤吉の口から、街道の名が聞こえてきた。手下たちを街道沿いの町に張りこませ、江戸から逃げ出すであろう小千代を捕まえるつもりだ。

手下が、おずおずと口を開いた。

「藤吉兄い。どっから手をつけたらいいんだよ」

人があふれかえった江戸市中で、女ひとり見つけるのは無理だとぼやきを口にしている。

桂屋善十郎は、もとは上州で小さな賭場を取り仕切る胴元だった。この男たちも、その伝手で流れてきた余所者である。不慣れな江戸の町を前にして、小千代探しが暗礁に乗りあげているのだ。

藤吉は、血に染まった角材で手下の首元を突き飛ばした。

「桂屋の掟に従わねえやつは、罰を受けなきゃなんねえんだよ」

藤吉の指示を受けた手下たちは、一斉に寺外へ走り去っていった。

（なんて非道《ひど》い連中だ。なんとかあいつらより先に小千代を見つけたいが……）

玉緒から聞いた話によると、小千代は天涯孤独で、江戸に身を寄せる知人はいないという。

奉公先から逃げ出す女の辿り着く先は、遊郭と相場が決まっている。であればそこから逃げ出した者が逃げこむのはどこだろう。日の当たらぬ裏店で息をひそめて潜伏していたら、見つけだすのは難しい。

「そこの女、出てきやがれ！」

ひとり居残る藤吉が、せんにむかって声を張りあげた。貸本の高荷が灯籠から見えていたようだ。風呂敷に描かれている、白抜き丸梅の屋号を見て、藤吉は口の端をあげた。

「おめえも小千代を探しているようだが、貸本屋には関わりのねえこった。さっさと手をひけ」

「そうはいかない。あの娘に本を貸しているからね」

言うと、藤吉はにやりと笑った。

「じゃあ目的はおなじだ。わしと手を組まねえか」

せんは転がる石の欠片《かけら》に足をとられ、逃げる機を失った。

「旦那がしびれを切らしていてね。もし手を貸すというなら、うちに出入りしている太い客と繋げてやってもいい」

「……桂屋さんは相当小千代に入れこんでいるようだね」

奉公人に逃げられたら捕らえるのが筋ではあるが、お針ひとりに街道まで出張るなど常軌を逸している。

「もしや、小千代は桂屋さんの情人だったのかい？」

あんな小娘が、と藤吉は笑った。

「女郎は人でも女でもねえ。ただの売り物さ」

藤吉が、せんとの間合いを詰める。後退りすると、ちょうど相対するふたりのあいだに、一羽の鳩が舞い降りてきた。つぶらな瞳を光らせながら、ぐるぐるのどを鳴らしている。

唐突に、藤吉が手のひらで鳩を押さえつけた。そして懐から匕首を抜き取ると、鳩もろとも地面に突き刺したのである。

「桂屋に歯むかうな。こうはなりたくねえだろ？」

刃先がぐいと捻じられ鳩の首が千切れた。

三

小千代が姿を消して、十日あまりが経っていた。上野山の緑もぐっと濃くなり、午睡《ひるね》をすれば汗がにじむ。

　この日は朝から快晴で、大川の水面を東風《こち》がさらりと撫ぜていた。いつも先を急ぐ猪牙船の船頭も、ゆったりと櫂を動かしている。両国橋の近くでは、花火師が川開きの下見をはじめていた。

　せんは貸本稼業の合間に、小千代の行方を探し続けていた。

　下町の目につく仕立屋へ出むき、小千代を雇っていないか尋ね歩いた。針仕事で生活を立てるなら、内職をもらっているかもしれない。

　だが店が雇っているのは、身元の確かな女ばかり。妓楼から逃げた日陰者が、大手を振ってお足を頂くのは無理な話だ。

　口入屋にも足を運んでみたが、出替わりの時期ではないから、女中奉公の仕事はほとんど扱っていないようだった。

　しかも、西は外堀、東は両国橋、南は八丁堀、北は神田川まで、せんが訪ね歩いためぼしい店は、すでに藤吉たちが姿を見せており、口入屋の主人からはなにか大きな捕り物でもあるのかと興味津々でたずねられてしまった。

（あいつらとおなじことをしても埒が明かない）

　足をのばして向島あたりを探ることにした。

　小梅村のうら淋しい掛茶屋に立ち寄り、茶くみ女に片っ端から声を掛けてみたが、それらしい娘はいない。

曳舟川《ひきふねがわ》の堤に横たわる壊れた筏《いかだ》の中を覗きこんだときなど、男女が房事に励んでいる最中だった。

手掛かりの乏しい人探しは、本の中に潜む紙魚を見つけるより難儀である。

この日も疲れ果てて家路につくと、差配人の忠右衛門が営む小間物屋の前に、見覚えのある女が佇んでいた。桂屋の玉緒だ。

店先の縁台に並ぶ朝顔の鉢から、細い蔓がひょろりと伸びて風に揺れている。玉緒は白い指先でそれを摘まみ、店の格子にひっかけたとき、せんに気づいて目を細めた。

玉緒は落ち着いた鼠色の小袖を身に着けているが、うなじから見え隠れするつややかな肌色から、玄人女であることがひと目でわかる。

「この辺りは吉原と違って、素っ頓狂なほうへ道がねじれていく。歩きにくいったら」

山積みの本に占領された部屋に上がった玉緒は、物珍しそうに本をながめている。せんが煙草盆を差しだすと、首を横に振って口元をほころばせた。

「聞いたよ。藤吉とやりあったって？　あいつ臭かっただろう。頭だけじゃなく胃の腑も腐ってんのさ」

「あたいになんの御用で？」

まさか本を借りに来たわけではあるまい。

「わっちが新しい本を買ってやろうと思ってね。あんたが小千代を探しているのは、貸本を取り戻したいからなんだろ？」

小千代の不始末の責《せめ》は番頭新造の自分にあるから、もう勘弁してやってほしいと、分別くさい顔をむけてくる。

「玉緒さん、なんか隠しているね」

「なんのことだい。そんなことより、あんた、藤吉たちに見張られているよ」

「えっ？」

「藤吉なんぞと張りあって、痛い目みるのはあんただよ。ここいらで桂屋からは手を引いた方がいい」

せんが立ち寄る先々で、一定の間をとって歩く者の気配には気づいていた。普段から町方に目をつけられている貸本屋稼業ゆえ、気に留めずやり過ごしていたが、あれは桂屋の若い者だったらしい。

「たしかに、あたいひとりで手に負えることじゃないようだ。しかたない。こうなったら、藤吉と手を組む」

「正気かい！」

「だって小千代は盗人じゃないか」

男客は馴染みの敵娼《あいかた》以外と遊ばないのが、吉原の掟だという。小千代に貸していた本だって、別のもので穴埋めすることなどできないのだ。

せんは玉緒の出方をうかがった。玉緒の突きでた頬骨が、微かに震える。観念したのか、大きく息を吐いた。

「冬の角町《すみちょう》の火事……火をかけたのは小千代なんだよ」

玉緒の口から飛び出したのは、とんでもない秘事だった。

「吉原から逃げだすためかい？」

「いや、親父さまの指図なのさ」

小千代は善十郎から、付け火が上手くいけば、年季を帳消しにすると持ちかけられたという。

そもそも吉原は女郎による付け火が多い。廓の焔《ほのお》は、苦界で生きる女の怨念や情念が噴き出し、形を成したものといえる。

そして火事で得をするのは、女郎に限ったことではなかった。

見世が燃えたら、吉原の外に仮宅を構えられるだけではない。その間は冥加金を納めなくていいことも、せんは知っていた。

「桂屋の懐は痛むどころか、むしろ火で温かくなるって寸法か」

火事の直後、駆けつけた面番所の役人は、角町の女郎か楼主の付け火を疑った。すこし前にも、寝床に火を付け、鉄漿溝《おはぐろどぶ》で捕まった女がいたからだ。

だが火の出た刻限、桂屋の女郎たちは張り見世に出ていて火付けは無理だった。善十郎も寄合に出て不在。藤吉たちは払いを渋った客を大門の外で殴りつけていた。小千代も包丁人と竈の前に座っていたのを、出入りの洗濯女が目にしている。

焼けたほかの見世も調べたが怪しい者はおらず、この度の火事は、不始末による失火として処理されたのだった。

「どうやって町方に怪しまれず怪火《かいか》を作れたんだい？」

「藤吉が指南したんだ」

藤吉は、風向きや町方の見廻り経路を調べあげ、小火《ぼや》から大火まで自在に操ることができた。身内が怪しまれないよう段取りまでつける周到さで、その腕を見こまれて善十郎に重宝されているのだ。

「だけど、小千代は親父さまを甘く見すぎていた」

結局火付けを盾に、客と寝るよう命じられたのだ。

「はなっから小千代に客を取らせるつもりだったのか」

「親父さまにとっちゃあ、一石二鳥のたくらみだったんだよ」

藤吉ではなく小千代に火を付けさせたのは、借銭以上の弱みを握るためだったのだ。

「あの娘《こ》、毎晩火焙《ひあぶ》りになる夢を見るって怯えていたよ」

せんは言葉を失った。

桂屋が執拗に小千代を探していたのは、足抜けした奉公人を引き戻すためだけではなかった。

火付けの真相を暴露されたら、桂屋善十郎は確実に火焙りの刑に処せられる。そうなる前に、小千代の息の根を止めるよう、藤吉に命じているのかもしれない。

「おせん。後生だ。小千代を逃がしてやってくれ」

「……」

せんは自分の気持ちが揺らぐのを感じていた。

玉緒が部屋を出て行ったあとも、しばらく考えこんでいたが、本をあきらめる踏ん切りがつかない。小千代に貸した『両禿対仇討』にはある隠しものがあり、替えがきかないからだ。

なんとか本を取り返し、小千代を逃がす算段はつかないものか。

汗ばんだ背に張りつく肌着の気持ち悪さに耐えかねて、せんは湯屋へ出かけた。

夕暮れ時の柔らかな風は、せんの躰を心地よく冷やしてくれる。

そろそろ桂屋の高張提灯が灯る刻限だ。風に乗って、かすかに三味線の音が聞こえた気がした。

女郎が居並ぶ合図に弾かれる清掻《すががき》は、ここから先の刻限はまやかしであることを伝える覚悟の音色だ。

玉緒のように年季明けまで勤めあげられる女は少ない。身請けされるなど夢のまた夢。瘡毒《そうどく》に侵され命を落とすか、病に伏して里に戻されるかのどちらかだ。

女郎たちが生きる世は、脆く悲しい。

浅草の夕焼け空に、鳩の群れが渦を巻いて飛び去っていった。人々の願いを託された鳩は、すんなり仏の元へ舞い降りるつもりはないようだ。

ふた親の借金を背負わされ、唯一逃げ出す手立てが火付けしかなかった娘の苦悩を思い、せんは深く息を吐いた。

四

手早く夕餉を済ませたあと、せんは積み重ねた本の山から一冊の本を手に取った。

江戸橋四日市の石渡平八書肆《しょし》刊、式亭三馬『諢語《おどけばなし》 浮世風呂　前編』の初版本である。

茶色の表紙には、銭湯の羽目板を模した柄が施され、題字などを引き札や障子戸に描き、子の落書きや足跡まで描かれている。読み人が表紙をめくれば、まるで腰高障子を開いて風呂屋に入るような楽しさを味わえるのだ。

しかし開板間もなく、日本橋一帯を襲った火事で石渡書肆が燃えてしまい、板木ごと灰になってしまった。前編の初版本は、めったにお目にかかれない稀覯本となっている。

江戸で半鐘が鳴ったとき、本屋がまず持ち出さなければならないのは、本や錦絵の元となる板木である。だから本屋の主人は、貴重な板木を寝床に置いて、いざ火事になれば女房子供を蹴散らしてでも、それを持って逃げるのだった。

板木が焼失しても、「焼板《やけはん》」として所有権は保たれる。さらに市井に出回っている本を元に板木を作り直す「被《かぶ》せ彫り」という手もあるが、初版の鮮やかさには、とうてい敵わない。

板木に限らず、火事は人々の暮らしのすべてを奪う。火事と喧嘩は江戸の華などと強がるのは、江戸っ子の見栄っ張りにすぎない。焼け跡に立ちつくしたことがある者ならば、あの絶望と灰色に染まった町の光景は、いつまでも目の裏に焼きついているものだ。天口車に乗ったとはいえ、火付けをした小千代の罪は重い、とせんは思う。同時に、天涯孤独の身でもがき、執念のまま逃亡を図った小千代をあっぱれとも感じるのだった。

手元をほんのり染めていた夕日は、いつの間にか沈んでいた。行灯《あんどん》の火を点けようと本を閉じたとき、部屋の腰高障子が叩かれた。表に立っていたのは、汗の匂いを立てた登である。ふと、せんは表店に続く路地に目をやった。躑躅《つつじ》の生垣のむこうから、誰かこちらを見ている気がしたのだ。

「これ、おめえんとこの貸本だろ？」

登から手渡されたのは、『両禿対仇討』の写本である。奥書の脇には、梅鉢屋の墨印が押されていた。小千代に貸したものにちがいない。

「ずっと探していたんだ！　なんでこいつを登が？」

登はふだん、浅草周辺を根城にする青菜の振り売りだが、売れ行きが悪ければ、遠方まで足をのばすこともある。今日も浅草に戻る前にもうひと声と、うら寂れた裏店に立ち寄ったとき、宿無しのような風采の娘に声をかけられたのだった。

「袂で顔を隠していたが、ありゃあ桂屋から逃げたお針だ」

「間違いないのかい？」

「ああ。身なりはずいぶんみすぼらしくなっていたがね。ほら、見てくれ。ここの継ぎはぎ」

登は縫い目の新しい袂を掲げて見せた。

「ちょいと前に、ほつれたとこを縫ってもらったんだ。見間違えるわけねえよ」

せんは写本を検めた。少しくたびれているが、破損や欠損はない。

「いつ受け取ったんだい？」

「つい先刻《さつき》だよ。これを梅鉢屋に返しといてくれって……あのお針、見世から追われているんだろう？」

「そのようだね」

「なんて義理がたい娘だよ」

事情を知らない登はのん気なものである。

「でもあたいは閻魔さまのごとくおっかない貸本屋だからね。日延べの客からは見料をいただかないと。裏店の場所、細かく教えておくれ」

せんは紙と筆を取りに部屋に戻った。

提灯に火を入れて戻ると、すでに登の鼻筋にはうっすら月灯りが落ちていた。登が描いた地図絵には、馴染みの薄い町名がしるされている。

「ありがとうよ。恩に着る」

「礼は口吸いでいいぜ」

「それじゃあ足りないだろ？　もっといいものやるよ」

せんは登の薄い胸元に手を伸ばした。登の躰は見た目より厚みがあり、指先に触れる肌はしっとりと汗ばんでいる。

互いの息遣いは妙にはっきりと耳に届くのに、顔をうかがうには、今夜の月灯りは弱すぎると、せんは思った。

天秤棒を担いで木戸を出ていく登を見送ったあと、せんもすぐ提灯を手に部屋を出た。暗闇に覆われた通りのむこうで、石を蹴る音がした。そろそろ酔いどれた住人たちが帰ってくるころだ。

御蔵前通りに出て、浅草寺の方角へ足をむけた。遠くに提灯の灯りがぼんやり見えるが、人影は闇に溶けて男か女かわからない。

船着き場近くにある駒形堂の周りも、ひっそりと闇に覆われている。表店の軒行灯が蛍のように浮かんでいるだけだ。辻に立つ夜蕎麦売りが客を待っていた。醤油の香りであふれる唾を飲みこみ通りすぎる。

口寂しくなり唄を口ずさんでいると、背後にひろがる暗闇から、舌打ちのような音が聞こえた。足を止めて振りむくが、提灯の灯りは、せんの足元を照らすだけだ。

大川橋（吾妻橋）までたどりつくと、地図絵を確かめながら橋を渡った。大川から流れ込む源森《げんもり》川にさしかかったときには、長屋を出てすでに一刻（約二時間）ちかく経っていた。

中ノ郷瓦町の横町に入ると川の音が途切れ、かわりに酔っ払いの笑い声や、女の甲高い声が聞こえてくる。このあたりは武家屋敷と寺院が多い。昼は物音のない張り詰めた気が漂っているのに、こうして夜に足を踏み入れてみると、婀娜《あだ》な香りがする町だ。

しばらく路地を往来しながら、本所松倉町あたりまで進んでいった。以前目にした長屋に足を踏み入れる。路地は閑散としていた。千太郎長屋のように植木鉢が並ぶわけでもないし、溝からへどろが湧き出て水はけが悪そうだ。入居する者の身元など頓着しない裏店は方々にある。

部屋の灯りが漏れてくるのは一軒のみ。その灯がとどくはす向かいの家の前で足を止める。

「梅鉢屋でございます」と声をかけ、障子戸に手を伸ばしたときだった。

「そこが、小千代の隠れ場か」

せんが提灯を掲げながら振り返ると、桂屋の若い者たちが狭い路地に殺到していた。先頭にいるのは、にんまりと笑う藤吉である。

「あとをつけてきたのか！」

「おめえの家を見張っていたのさ。あの青菜売り、うちに出入りしている男だな。おもしれえもん見せてもらった」

男たちが笑い声をあげる。灯りが漏れる家から、騒ぎに気づいた住人が顔を出したが、藤吉たちの風貌を目にしたとたん引っこんでしまった。

「おめえの役目はここでお終いだ」

藤吉が指図すると、若い男がせんを押しのけ、障子戸を荒々しく蹴り倒していく。木枠をへし折り土間に押し入ったものの、提灯を揺らしながら部屋をながめてすぐに飛び出してきた。

「藤吉兄い、小千代いねえぞ！」

部屋は空き家同然で、暮らしの匂いがほとんどしない。藤吉が舌打ちして、壁を蹴りつけた。

「逃げやがったか。まだこの辺りにいるはずだ」

青菜売りが小千代から本を預かったのは、今日の暮れどきだ。女の足ではまだ遠くに逃げていない――。藤吉は矢継ぎ早に指示を飛ばす。

町木戸が閉まる鐘が鳴った。藤吉が男たちを引き連れて長屋を駆け出していった。ちょうど通りかかった酔っ払いが、男たちの勢いにひっくり返って罵声を上げている。

荒々しい足音が遠ざかると、寺社の門前町に静寂が戻り、木戸番の拍子木だけが、遠くから聞こえてきた。

(あんな野暮な連中と散歩していたなんてぞっとするよ)

せんは愁眉を開いて、安堵の息をつく。

いつの間にか雲が薄まり、姿を見せた月が路地を明るく照らしはじめた。薄い雲はその明るさにはじかれて、月の背後に隠れているように見える。そこにひとつ星が煌めいた。雨が降る予兆だ。

提灯の灯りが、風もないのにふっと消えた。火打石を持ってこなかった。木戸番に寄って頭を下げ、灯をもらわなければならない。

五

「あんな端銭《はした》で高輪《たかなわ》の番太郎をまるめこめるか！」

汚れはてた登が千太郎長屋に戻ってきたのは、藤吉に後をつけられた夜から、まる三日経った午過ぎである。

昨日まで降り続いていた雨は、日が昇る頃にようやく上がり、雨後の町には豊潤な土の匂いが充満していた。

「自腹切ってやったんだ。ありがたく思いやがれ！」

登は汚れた風呂敷と笠を外し、水甕の杓をとって浴びるように水を飲み続けた。しばらくがなり立てていたが、せんが桶に水を汲んで丹念に足をすすいでやり、鮓を買っておいたと告げると、ようやく登の怒りはおさまった。

「それで、小千代をどこまで送り届けてくれたんだい？」

「戸塚のちょっと手前で別れた」

小千代の母方の縁者が、戸塚の上方見附あたりで旅籠を営んでいるらしい。

「あとすこしで熱海じゃないか。のんびり湯にでも浸かってくりゃあよかったのに」

「手形も切符もねえのに箱根の関を越えられるかよ。夫婦のふりして歩いていくのもひやりとしたぜ」

怪しまれて番所に突き出されたら、ふたりともお縄である。

「こんな紙切れ一枚で危ねえ橋渡らせやがって」

登は懐からくしゃくしゃになった書付を取り出した。そこには、小千代が桂屋善十郎のわなにはまり、下手をしたら死罪になるかもしれないこと、千太郎長屋を見張っている追手をせんが引きつけている間に、小千代をつれて江戸から離れてほしいこと、などが走り書きされていた。

せんは桂屋の男たちに見張られていた。だから登が小千代に会ったと聞いて、この状況を逆手に取ろうと思いついたのだ。

紙と筆を部屋に取りに戻ったすきに、仔細を記した文となけなしの路銀を隠し持ち、見張りに悟られないよう、登の着物の内に押しこんだのである。

あとは、藤吉たちを引きつけて、小千代が隠れ住んでいる場所とは正反対の方角にある、それらしい裏店へ、ゆっくり歩けばいい。

当の小千代は、登の説得で江戸を出る決心をしたらしい。登と小千代、双方が納得しないと功を奏さぬ、乱暴な策だった。

「おめえも酔狂な女だよ。本は戻ってきたんだし、ほっぽっとけばいいのに」

「小千代は身の危険を冒して、うちの大事な本を返してくれたからね」

なにより、藤吉に吠え面をかかせてやりたかったのだ。

「昔から、本に関わるとろくなことがねえなあ」

「あんたなら必ず遂げてくれると思っていたよ」

「じゃあ今度こそ口吸いを……」

登は膝をついてせんににじり寄ってきた。

「これで勘弁しておくれ」

せんは登の口に笹の葉鮓をぐいと押しこんだ。登は目を白黒させながら、おもむろに笹を摘まみ出した。

「……これ食ったら、中にまた妙な頼み事が忍んでいるってこたあねえよな」


せんがばったり桂屋善十郎と藤吉に出くわしたのは、二日ほど経った薄暮れどきだった。通油町の南場屋に立ち寄った帰り道、横山町に店を構える仕掛け花火の鍵屋の前で、主人を待つ藤吉を見かけたのである。

もうすぐ大川の川開き。屋形船が川を埋め、両国橋の上には花火の見物客が押し寄せる。とくに大店が大金をはたいて上げる仕掛け花火は、年を追うごとに絢爛さを増して宴を盛りあげる。

はたして桂屋善十郎も、花火を注文するため立ち寄ったらしい。やがて顎の角ばった五十がらみの男が、愛想笑いを顔に貼りつけたまま店から姿をあらわした。

せんに気付いた藤吉が睨みつけてくる。善十郎も相好を崩して近づいてきた。

「これはこれは、奇遇ですなあ。梅せんさん。うちの小千代が随分と世話をかけたそうで」

妓楼主の笑みが溢れるほどに、藤吉の顔色が悪くなる。せんの手はずで小千代が江戸から逃げ出したことは、主人に気づかれているようだ。

「こ、こいつは吉原の掟を穢した女だ！」

藤吉がわめくのを、善十郎が冷めた目で見やった。

「桂屋の掟はただひとつ。私を感服させる腕っこきであることさ」

暑くもないのに藤吉の顔から大粒の汗がしたたり落ち、きれいに掃き清められた店先の道に吸いこまれていく。

「梅せんさん、なにを耳こすりされたのか知らねえが、こっから先は互いの領分を守って、商いに励もうじゃないか」

「あたいはいつも、火の用心を怠らず精進しております」

しばし善十郎はせんを見つめていたが、やがて忍び笑いをこぼした。

「おめえさんの度胸と面構えは嫌いじゃない。ただ、うちで売るには躾《しつけ》がなってねえな」

善十郎が立ち去ると、せんの額をねばついた汗が流れた。店の奥から様子を窺っていた手代や花火職人たちまでも胸を撫で下ろしている。

そのあと、せんは善十郎たちに出くわさないよう、浅草寺裏の奥山へと足をむけた。藤吉が真っ青な顔で睨んでいたのが気がかりだったが、干店で見つけた珍しい役者総踊りの黒摺絵を眺めるうちに、藤吉のことは頭から抜け落ちてしまった。

ことが起こったのは、物見遊山客が帰路に就くころである。

浅草寺の鳩が唐突に舞いあがり、紅色に染まる雲にむかって一斉に飛び去っていったのだ。

唐突な羽ばたきに、参詣客や床店の主たちが呆気にとられて空を仰ぎ見た。いつもは猫を追いかけている鳥までが、群れとなって赤い空に乱舞している。

せんは胸騒ぎを抑えつつ、早足で雷門をくぐった。

「スリバンだあ！」

どこからか叫び声が聞こえた。通りの茶屋から飛び出してきた客たちが首を伸ばす。

(火事だ！)

甲高く切れ目のない擦《す》り半鐘の音は、火元が近いことを伝えていた。

「蔵前の方の空がけぶっているぞ！」

「いやもっと神田川寄りだ。風がこっちに流れてきたらやばいな」

胸がざわりと波打った。逃げまどう人の流れに逆らい、天王橋近くの自身番までたどり着く。番小屋の屋根の半鐘が、けたたましく鳴っていた。

火消したちが自身番前に集まり、鋭い面構えで火の上がる空を見あげていた。革羽織を纏った頭が、法被の平人たちに指示を出す。

「いいかあ！　消口《けしくち》に纏《まとい》を掲げるのはおれたち『と組』だ！　『ほ組』に遅れをとるんじゃねえぞ！」

喊声《かんせい》が上がる。纏持ちを先頭に、火消したちが消口にむかって疾走していった。その先は福井町である。

火消したちと逆に、こちらへ逃げまどい殺到してくる人の中に、藤吉らしき男を見た気がした。

（あいつ、笑っていやがる！）

せんは背負い紐を握りしめた。長屋を潰される前に、一冊でも多く本を逃すのが先決だ。

せんの部屋の畳の下には、小さな穴蔵が備わっている。おたねの亭主に頼んで、しっかり壁を塗ってもらったおかげで、四年前の芝の大火の折は、蔵書の半分が災禍を凌ぐことができた。

空に吸いあげられていく煙が、千代田の城がある方角へ流れはじめた。火消したちは風下にまわって、建物を取り壊しているようだった。

長屋近くまでたどり着くと、あたりの表店は戸が外れ、売り物が散乱していた。縁台に並んでいた朝顔も無残に踏み潰されている。渦を巻いた蔓だけが千切れて、店先の格子に巻きついていた。

「おせん！　ここだよ！」

女の叫び声に足を止めた。

千太郎長屋に続く路のそばに、三人の子を抱え地に伏せるおたねがいた。足首を押さえて顔をゆがめている。下のふたりを抱えて逃げようと駆けだしたときに痛めたらしい。末っ子が、父親の名を呼び泣いている。

「あの人、出入りしている蔵の目張りにいっているんだ」

おたねは肝の据わった女だ。女房子供を案じ渋ったであろう亭主の尻を、これでもかと引っ叩いて、通いの屋敷へ送り出したに違いない。

「立てるかい？　広小路までいけば助かる！」

せんは奥歯をかみしめ、高荷を下ろした。

風呂敷をほどき、一冊だけ抜き取って胸に押しこむ。軽くなった背に次男を背負い、末っ子を胸に抱えた。上の子が目の前の木戸番小屋を指差し、「火がついた！」とさけぶ。

せんは草履を脱ぎ捨て立ちあがった。ずしりと感じる子の重みを確かめながら、おたねたちと火の上がる町から駆けだしていく。

バチバチと火が爆《は》ぜ、裏店の瓦が崩れ落ちる音がした。熱風で飛び交う火の粉が、せんの下ろした貸本に燃え移り、瞬く間に焼けていく。

住み慣れた千太郎長屋は、すでに焔に包まれていた。

せんが毎夜一筆一筆したためた写本も、平治が遺した鑿も、登からもらった簪《かんざし》も灰になっていく。

せんの首筋に子の涙がこぼれたと感じたが、それは唐突に降り出した恵みの雨だった。

福井町にと組の消札が立てられたのは、それから間もなくのことだった。

六

「ああ、こりゃあ結構な壊されっぷりだねえ」

火事の翌日、南場屋喜一郎が女房のおさえを伴って焼け跡にやってきた。ふたりは火事のあった日は祝言の仲人を引き受けており、品川まで出かけていたらしい。朝になって日本橋に戻り、ようやく火事のことを知って駆けつけたのだった。

火事場にそぐわぬ真新しい羽織姿のまま、沈痛な面持ちで焼け跡をながめたあと、喜一郎たちは、薬研《やげん》堀近くの酒楼に出むき、店先を借りて炊き出しをはじめた。

午過ぎには、火除け地に町会所の御救い小屋が立ち、江戸市中の商家や財を持つ町人らが米や味噌、手拭い、着物などを持ち寄り配りはじめた。薬売りや飴売り、水売りなど振り売りたちまで集まって、まるで縁日のような騒々しさである。

千太郎長屋は、跡形もなく焼け落ちたが、幸い命を落とした住人はいなかった。ただ、火元が近かったため、みな大したものを持ち出すことができなかった。

それでもおたねたちは、火事のあとですぐ煮炊きができるようにと、包丁や鍋釜を溝や井戸に放りこんでいた。忠右衛門が、日々の泥さらいを怠らなかったおかげだ。

人は一生に一度は火事に遭うといわれる。せんもすでに二度、家を失った。

蔵書錦絵はすべて灰になり、仕事を続けることはできない。食うだけで精一杯だし、今日一日を生きていけるのかも不安で、焼け跡の片づけに力が入らなかった。親兄弟がいれば身を寄せることもできただろうが、せんに頼る縁者はいない。

夜眠るときは追いはぎに遭わないかとおびえ、盗られるものはなにもないと思い至って、また落ちこんだ。

四日目の朝、柳原の土手沿いに建てられた仮小屋を出ると、目の前の神田川が、以前と変わらず緩やかに流れていることに気がついた。

ぼんやりと川面をながめていると、喜一郎が古本とかりんとうを持ってやってきた。

「ようやっと息を吹き返したかい」

「もう泣き飽きたわ」

「違いない。ほら、歌にもあるじゃないか。『焼かるれば千々に物こそ悲しけれ　我身ひとつの火事にはあらねど』ってな」

「それをいうなら、『月見れば千々に物こそ悲しけれ』だろ」

「ふふ、わしなんて、目黒行人坂と芝車町、二度の大火を潜り抜けてきたんだ。こんなちっぽけな火でおたおたするんじゃないよ。おせん、本と銭は天下の回りもんさ」

そういうと、喜一郎は土手に座って、土産のかりんとうをむしゃむしゃと食べはじめた。

「火事は怪火の線が濃厚だってなあ」

「おたねさんの話では、火は空き地に積まれていた材木から上がったらしいよ」

町役人は付け火を疑い、あちこちに探りを入れているようだが、いまのところ怪しい人物が捕らえられたという話は耳にしていない。

「やはり女ひとりでは心配だ。うちにおいでな」

火事の直後、南場屋で寝泊まりするように勧められたが、せんは即座に断った。焼けだされた住人たちを差しおいて、立派な屋根の下で眠ることはできなかったのだ。

おそらく火事の原因はせんにある。

火付けの見当はついていた。逃げ惑う人々の中で、ひとり笑みを浮かべて走り去っていった男。桂屋の藤吉がやったに違いない。

（だけど、これ以上深入りはできないね）

桂屋善十郎は、一筋縄ではいかぬ妓楼主である。

火事の翌日、せんは桂屋に怒鳴りこんだが、内証から顔を出した善十郎は、「うちの見世に藤吉なんて男はいねえよ」と言い放ったのだ。

騒ぎを聞きつけた若い者たちが、土間に駆けこんできたが、いつも先頭を切って威嚇してくる藤吉の姿がない。

「まさか……」

楼主は無表情のまま片膝をつき、せんの顔に油じみた鼻先を近づけてきた。

「桂屋の内輪事に堅気のあんたを巻きこんだのはうちの不調法。ここいらで本当の手打ちにしましょうや。こっちもケジメはつけたんでね」

善十郎はおのれの首に手の平を添え、スッと真横に掻っ切った——。

ハッと我に返ったせんは、のんびり菓子を齧《かじ》る喜一郎を見やった。

「親父さんが案じているのは、おとっつぁんが彫った禁書が燃えちまったことだろ？」

包み紙の底にたまっている砂糖の粒を指でこそげ取りながら、喜一郎は眉尻を下げた。

「あれはこの世にふたつとない天下の一番摺りだ。失くなったと思うと、夜も寝られねえ！」

「ところがどっこい、南場屋さん」

せんは小屋の筵《むしろ》をめくり、一冊の本を喜一郎に差しだした。小千代から戻ってきた『両禿対仇討』の写本。梅鉢屋に残った唯一の本である。

「なんだこれは。貸本にしちゃあ、贅沢なつくりだね」

折り目のある袋とじの半紙本だ。せんが折り目をくいと押し、空洞を作って内側を見せる。

「ん？」

紙の裏側には、薄墨の文と挿絵がびっしりと描かれていた。

「なんと、こりゃあ例の一番摺りじゃないか！」

平治が遺した禁書の一番摺りは、上質でなめらかな斐紙《ひし》に摺られていた。ふだん文に使う紙とは違い墨が滲まず、裏表両面に書くことができる。せんは禁書をばらし、中表にひっくり返して文字を書き入れ、写本に仕立てた。

誰も紙の内側など見ないし、もし気がついたとしても、薄墨だから表の文字が写っただけに見える。江戸で一番勢いのある戯作者の貸本ならば、ひとところに長くとどまることなく、次々に別の借り手へと渡っていくだろう。

どこに隠しても難ある本なら、あえて人の目が絶えない町中に預けようと考えたのだ。

「よくそんな思い切ったことを。お前さんにとっては平治の形見。なによりも大事なもんだろう」

「たかが本だよ」

善人も悪人も、同じ本を見て笑い悲しむ。ときに憤り、あきらめ、それでも次の丁をめくらずにはいられない。そして一度読まれた本は忘れさられて、みな現《うつつ》に戻っていく。本なんて、そんなもんだ。だから、せんは貸本屋として、本を守らなければならない。

「まったく……考えただけで胃の腑が痛むわ。こりゃあ、三馬も馬琴も思いもよらないひねり事だ。お前さん、戯作者になったらどうだい？　うちで売り出してやるよ」

喜一郎と別れ、千太郎長屋の焼け跡を見にたち寄ったせんは、大工らが鉋《かんな》をかける様子を遠目にながめた。灰はすでにさらわれて、新しい柱が建ちはじめている。住人たちもいっときの休息とばかりに、のんびりと普請の様子をながめていた。

おたねと長屋の女房たちが、焼け焦げた井戸の前で立ち話をしていた。茣蓙《ござ》に小間物を並べている忠右衛門を、おたねの亭主が朝風呂へ行こうと誘っている。また桂屋にでも繰りだすつもりだろう。

「せん姉ちゃん、あそんでくれ」

しばらくおたねの子らと竹馬をして汗をかき、もう勘弁と駄賃をやって菓子を買いに行かせる。

一息ついて焦げた社の灯籠に腰を下ろして休んでいると、天秤棒を担いだ登がやって

きた。せんの横に並んだ登は大工たちにヤジを飛ばしていたが、やがてそっぽをむいたまま、

「しばらく俺の家に来ねえか？」と、蓮っ葉にいった。

「嫁に来ないか、の間違いじゃないのかい？」

「来てくれるのかい？」

「行けないよ。火事で男の家に転がりこむなんぞ、江戸の女の名がすたる。それに、あの調子ならすぐに新しい寝床ができそうだ」

そう苦笑しつつ、梁がめぐらされた屋台骨を指差す。

「おめえはいつになったら嫁に来るんだよ」

「かわりに登がうちに婿に来りゃあいい」

「それじゃあ入れ違いじゃねえか！」

登は大きく息を吐くと天秤棒を置き、駕籠の中から風呂敷包みを取り出した。

「――これは……！」

包みには見覚えのある読本、草双紙、合巻などが収まっており、裏表紙をめくると、すべてに梅鉢屋の墨印が押されていた。

「あちこちの店で、おめえに返してくれって渡されたもんだ。野菜を売りにいってるのに、逆にこいつを押しつけられて、菜っ葉が萎《しぼ》んじまった」

ある草双紙の間には「日延べ勘弁」と記した紙片が挟まっていた。梅鉢屋が未所持の読本や錦絵まで紛れている。どうやら火事見舞いのつもりらしい。

「また貸本始めたら、顔を出せってよ」

両手に載った本はどれもくたびれているのに、前より重みを増しているようだった。

（南場屋の親父さんの言う通りだったね。本は回りもんだ）

翌日から、せんは貸本屋を再開した。

しばらくぶりに高荷を背負ったので、真っすぐに歩けない。だが、柳原に並ぶ干店の主人や、すれ違う顔見知りの振り売りたちから声をかけられているうちに、だんだんと背が軽くなっていった。

東広小路まで足を運ぶと、大勢の人々が両国橋にむかって歩いていくのが目に飛びこんできた。

優雅を気取った旦那や、足取りの軽い町娘、客を呼びこむ見世物小屋の掛け声が響きわたり、曲芸師が猿を引き連れ、それに子らが群がっている。

砂が舞い、笑いながら目をこする人たちがせんの前を通り過ぎていった。

「そうか。もう川開きだ！」

せんは暑さを増したお天道さまを見あげた。今日は手早く得意先をまわって、夕暮れから花火を見よう。登を誘って屋形船に揺られるのもいいが、やはり両国橋の上からながめる花火が一番綺麗だ。

「ことしの夏も楽しくなりそうだよ」

真新しい草履の履き心地を確かめながら、せんは相も変わらず砂埃のたえない大通りを、跳ねるように歩いていった。

主な参考文献

『近世貸本屋の研究』長友千代治（東京堂出版）
『浮世絵の見方』松井英男（誠文堂新光社）
『読本事典』国文学研究資料館・八戸市立図書館編（笠間書院）
『新日本古典文学大系86　浮世風呂』神保五彌（岩波書店）
『江戸吉原図聚』三谷一馬（中公文庫）
『江戸庶民風俗図絵』三谷一馬（中公文庫）
『江戸の古本屋』橋口侯之介（平凡社）
『和本入門』橋口侯之介（平凡社）
『続　和本入門』橋口侯之介（平凡社）
『江戸の本屋（下）』鈴木敏夫（中公新書）
『新版　蔦屋重三郎』鈴木俊幸（平凡社）
『江戸の本屋さん　近世文化史の側面』今田洋三（平凡社）
『江戸の禁書』今田洋三（吉川弘文館）
『大江戸趣味風流名物くらべ』吉村武夫（平凡社）

『江戸の火事』黒木喬（同成社）
『江戸の火事と火消』山本純美（河出書房新社）
『江戸のくらし風俗大事典』棚橋正博・村田裕司（柏書房）

解説

久田かおり

江戸のメディア王蔦屋重三郎が主人公の2025年NHK大河ドラマ「べらぼう」にも出てくるが、貸本屋というのは江戸時代に始まった見料を取って本を貸し出す商売で、1960年代初頭までは続いていたらしい。今で言うレンタルコミックの先駆けである。日本の識字率は世界に類を見ないほど高かったという説もあるが、確かに江戸時代に庶民相手の貸本屋が成り立つくらい文字を読み、本を楽しむ人が多かったのだろう。横浜流星演じる「べらぼう」蔦屋重三郎は高荷を背負って店を訪れ吉原の女郎相手に、相手の好みそうな本を見繕って貸し出している。「読書」は苦界に生きる女たちにとってひっときの現実逃避だったのかもしれない。

そんな蔦重もちらりと出てくる『貸本屋おせん』は文化年間の浅草を舞台にした「ビブリオ人情捕物帖」だ。作者の高瀬乃一は第一話として収録されている「をりをり よみ耽り」で第100回オール讀物新人賞を受賞しこの連作短編集でデビューした。その後も、来世の地獄か今の欲かを選ばせるファンタジックかつブラックな『無間の鐘』

（講談社）、ミステリ仕立ての医療時代小説『春のとなり』（角川春樹事務所）、そして幕末を舞台に時代の波に飲まれていく下級幕臣を描いた『梅の実るまで　茅野淳之介幕末日乗』（新潮社）と、趣の違う作品を発表し続ける期待の時代小説家だ。

『貸本屋おせん』は２０２３年本屋が選ぶ時代小説大賞にノミネートされたが、残念ながら大賞は逃している。実はその選考委員として不肖私も参加させていただき、選考会の会場で最初から最後まで、ただただひたすらにおせんを推し続けておりました。「本屋としてこんなに本への愛に満ちている小説を推さずに何とする！」と。今回その「おせんＬＯＶＥ」がご縁で解説依頼につながったのかも知れないですね。僭越ながらおせんの魅力をお伝えできたら、と思っております。

　主人公のおせんは浅草の長屋に一人で住んで貸本屋を営む二十四歳の娘だ。父親は「後れ毛平治」の異名をとる腕のいい版板彫り職人だったが、おせんが十二歳のときに自死している。平治が彫っていた板が御公儀を愚弄した内容だという咎で罰せられ、その後、おせんの母親は若いツバメと駆け落ちし、平治は自暴自棄になり自らの命を絶ってしまった。この父親の死が、いろんな意味でおせんの人生を形作ることになる。

　幼い娘が一人で生きていくのは容易ではない。けれど長屋にはたくさんのおせっかい焼きの「おかあさんたち」が、町にはおせんの仕事を見守ってくれるたくさんの「おとうさんたち」がいる。彼らの温かい目と手がおせんを育ててくれたのだろう。この第一話には、そんなおせんの生い立ちや、貸本屋になったきっかけ、「本を貸す」ことの意味、そして何より貸本屋としてのおせんの矜持がつまっている。「本を貸すだけじゃない。守るんだよ」という言葉。これを読んで胸をわしづかみされない本好きはいないのではないだろうか。

第二話からは、そんなおせんのもとに転がり込んでくる「事件」の謎解きと顚末がテンポよく描かれていく。

「板木どろぼう」はおせんを見守るおとうさんのひとり、地本問屋喜一郎の持つ板木が盗まれたところから始まる。しかもそれが今を時めく曲亭馬琴の作だというから大事件だ。ここで登場するのがべらぼう蔦重だ。いや、事件にはかかわりはないのだが、喜一郎が仲の悪い同業者の伊勢屋と相板（お金を出し合って合同で出版をすること）してまで馬琴の本を出そうとした理由が「にくにくしい蔦屋耕書堂」に打ち勝つための大勝負だったというわけだ。地本の草分け的老舗問屋で江戸一番の本屋にまで上り詰めた蔦屋耕書堂に喧嘩をふっかけようとしたのに、肝心の板木が盗まれたとあっては大恥だ。そこで江戸中の書肆に顔の出せる貸本屋であるおせんに白羽の矢が立ったのだ。おせんは足を使った聞き込み捜査を始めることとなる。このあたりから出版関係の専門用語がたくさん出てくる。今も使われている言葉もたくさんあり、いちいち感心してしまうのだが、本書の正しい読み方としてはいろいろ出てくる知らない言葉を一読目はスルーしてひたすらおせんの謎解きに浸るのがいいだろう。そして読み終わった後、二読目三読目で思う存分辞書を引いたり検索したりして出版豆知識を増やしていっていただきたい。というのも、『貸本屋おせん』の魅力の一つに「テンポの良さ」というのがある。物語の展開も、登場人物たちの会話も、とにかく心地よいテンポで流れていくのだ。まずはその流れを遮らず波に身を任せて最後まで読み終えて下さいまし。

さてさて板木どろぼうはどうなったのでしょう。誰が何のために盗んだか。おせんの幼馴染み青菜売りの登の大活躍で明らかになったその理由と結末に、なるほどこれは「人情」捕物帖だわと納得する。そして転んでもただでは起きない江戸商人のしたたかさに思わずニヤリとするだろう。

第三話「幽霊さわぎ」は本ではなく錦絵が主役で「書入れ」というひとつの文化が描かれる。それは本来読物に歴代の持ち主が書き込んだ注釈のことでよくある落書きとはわけが違う。書かれた文字は本の一部となり新たな読者への道標となるのだ。今でもさまざまな書入れは「マルジナリア」と呼ばれ一部ファンにとってはたまらない宝物となっているようだ。気になる方は山本貴光著『マルジナリアでつかまえて　書かずば読めぬの巻』(本の雑誌社)をどうぞ。誰かが書き込んだ文字、それをたどる本の旅、唯一無二の存在、それが「書入れ本」なのだ。

そんな書入れが施された美人絵を手に入れたおせん。モデルはあまりの美しさに亭主が家の奥に囲い込んでほとんど誰もその顔を見たことがないという美しき女将。その亭主の頓死と通夜の伽での手代と女将の房事。そこから起こったよみがえりと幽霊さわぎ。我らがおせんが解き明かす、書入れの秘密と幽霊の謎。大人気の錦絵への書入れに込められた思いが切ない。

第四話「松の糸」は全五話の中で一番軽やかで一番清々しい。「うぶけ八十亀」という名古屋人ならちょっと反応してしまいそうな名前の刃物屋の、惣領息子の恋のから騒ぎ。名の知れた色男公之介が惚れたのは料理屋の出戻り娘お松。誘いに乗らないお松が出した一緒になる条件がなんと源氏物語の幻の書「雲隠」を探してくれたら、というもの！　この「雲隠」というのは源氏物語の「幻」と「匂宮」の間に存在すると言われているが誰も見たことがない幻の帖なのだ。この世にないものを探してくれたら一緒になるなんて、まるで竹取物語ではないか！　とワクワクしながら読んでいくと、どうやら探しているのは亡くなった元夫による「雲隠」の写本だという。恋煩い中の公之介に捜索を頼まれたおせんは人脈をフル活用して調査を始める。もしも幻の「雲隠」が手に入ったら大儲けだという下心もありつつ、本当に写本が存在するのなら一目見たい読んでみたい、という本好きの虫も騒ぎ出す。気になりすぎて夢に光源氏まで出てきちゃったというのだから相当だ。でもまぁ、そりゃそうだろう。そんなものがあるのなら源氏ファンならずとも読みたくなるってもんですよ。そしてこの雲をつかむような探し物の探し方にも注目されたし。人が亡くなったとき、その持ち物はどうなるのか。ゴミとして捨てるものもあるし、今でいうリサイクルに出すものもあるだろう。では、本はどうするか。まぁたいていは古本屋、書肆、好事家に売るだろう。おせんも当然そう考える。けれど、本に全く関心のない人が本を処分するなら……。なるほどそっちか、と妙に感心してしまった。さて「雲隠」の写本はあったのかなかったのか。その結末と共に、夫が亡くなったあとその両親に追い出されたお松が夫の遺した写本をどうしても取り戻したかった理由、そして公之介とお松の恋のから騒ぎの顚末をどうぞお楽しみに。

第五話「火付け」はラストを飾るにふさわしい物語。吉原と火事というお江戸とは切っても切れない題材をもとにおせんと登の幼馴染みコンビがまたまた大活躍する。

火事で焼け出された妓楼での足抜け騒ぎ。大門の外での仮宅に出るよう命じられたお針の小千代がとある策でまんまと妓楼を脱出。執拗に必死に後を追う破落戸たち。たかがお針一人に、という疑問。何か裏が?と、ここまでならおせんには何のかかわりもない話なのだけど、小千代はおせんから借りた式亭三馬の「両禿対仇討」の写本を持ったままだという。おせんの手による写本なのでそれほど値打ちはないのだが、おせんにはこの写本をどうしても返して欲しい理由があるのだ。おせん&登チームは破落戸ヤカラたちより先に小千代にたどり着けるのか。まさに手に汗握る展開と第一話につながる写本の秘密に思わずうなるだろう。いやぁ、うまいねぇ。ちゃんと伏線回収されました。

おせんの中にある本への、父親への思いの深さが心にしみる。

『貸本屋おせん』の魅力の一つがそのテンポの良さだと先に書いたが、もう一つ忘れちゃいけないのはおせん自身のキャラクターだろう。けなげでいじらしい、と描かれがちな不幸な生い立ちの少女を、クレバーでタフで、ある意味図太さも持つ自立した女性として描くところに作者の女性観が見える気がする。何度転んだって何度でも立ち上がるしぶとさと、自分の人生は自分の足で歩いて行くんだという強い思いを持つおせんの魅力がたっぷり詰まっている。

明けない夜はない、けれど暮れない朝もない。目先の明るさを見せるだけじゃない、現実の厳しさと、また夜が来る悲しみの世をそれでも自分の力で渡っていく逞しさが何よりの魅力なのだと思う。

（書店員）

初出

「をりをり よみ耽《ふけ》り」 「オール讀物」二〇二〇年十一月号
「板木どろぼう」 〃 二〇二一年六月号
「幽霊さわぎ」 〃 二〇二一年十一月号
「松の糸」 単行本『貸本屋おせん』書きおろし 二〇二二年十一月
「火付け」 単行本『貸本屋おせん』書きおろし 二〇二二年十一月

DTP制作・言語社 地図制作・上楽 藍

文春文庫

貸《かし》本《ほん》屋《や》おせん

定価はカバーに
表示してあります

2025年５月10日　第１刷

著　者　高《たか》瀬《せ》乃《の》一《いち》

発行者　大沼貴之
発行所　株式会社 文藝春秋

東京都千代田区紀尾井町 3-23　〒102-8008
ＴＥＬ 03・3265・1211㈹
文藝春秋ホームページ　https://www.bunshun.co.jp

落丁、乱丁本は、お手数ですが小社製作部宛お送り下さい。送料小社負担でお取替致します。

印刷製本・TOPPANクロレ

Printed in Japan
ISBN978-4-16-792364-8